KB059913

세
번
째 교
과
서

세 번째 교과서

김소담 외 10인 지음

사□계절

청소년들의 숨석을 고스란히 담아서

　　명실 공히 청소년문학의 산실임을 자처해 온 사계절출판사는 1997년부터 지금까지 50권의 1318문고를 꾸준히 내 왔다. 빼어난 외국 청소년문학을 찾아내고, 국내 청소년문학의 성장에 거센 풀무질을 하면서 10년 넘게 한 우물을 파 온 사계절출판사는 50번의 고개를 넘으면서 이제 다시 청소년들의 목소리에 귀를 기울이려 한다. 지금, 여기 청소년들의 꿈과 고민, 방황과 성장통의 결과물인 청소년 자신들의 작품을 모아 1318문고 51번째를 새로 시작하려 한다.

　　입시 지옥에, 영어 몰입교육에 치이는 우리 청소년들에게 문학이란 어떤 의미에서 사치일는지 모른다. 또는 관심 밖의 영역일 수도 있고. 하지만 한국문화예술위원회에서 운영하는 청소년 전용 온라인 문학 사이트 '글틴(http://teen.munjang.or.kr)'을 보면 청소년들에게 문학의 희망은 여전히 유효하다는 것을 알 수 있다. 글틴에는 청소년들이 직접 쓴 글이 날마다 올라온다. 그 중에서 좋은 작품을 뽑아 주 장원 월 장원을 뽑고 연말에 가장 뛰어난 작품을 뽑아 문장청소년문학상을 수여한다. 2005년에 시작해 지금까지 3회 수상작이 배출되었다. 시, 비평과 감상글, 생활글, 이야기글 총 4개 부문에서 작품을 뽑는데, 시인, 소설가, 평론가로 구성된 심사위원단의 엄격한 평가를 거쳐 수상작을 엄선한다.

『세 번째 교과서』는 문장청소년문학상 수상 작품 중 시, 이야기글, 생활글을 골라 묶은 것이다. 전문가의 평가를 거친 이 작품들은 성인작가의 작품과 견주어도 손색이 없을 만큼 빼어나다. '글 쓰며 노는 청소년' 글틴들의 생생한 이야기를 접할 수 있는 귀한 기회가 될 것이다. 참고로 작가 이름은 글틴에서 활동했던 필명을 그대로 사용했음을 밝힌다.

2008년 사계절출판사 편집부

차례

이야기글

시

냉장고

오백원

원인 모를 공복감으로 문을 연다.
엄마는 전기를 아껴야 한다고 했지만
냉장고 속은 끊임없는 허기로 팽창한다.
김치 냄새가 스멀스멀 기어 나오는 우주에서
아빠는 알래스카 산 오렌지였다.
그는 항상 선키스트와 델몬트 사이에서
오렌지의 본질을 이야기한다.
물론 나는 이름 모를 상표를 떼어 내고
아빠를 먹는다, 아빠
아빠 말대로 이 곳에선 오렌지 나무가 자라요.
그러나 냉장고의 우주를 내 배 속으로 가져갈 때

나는 블랙홀이어요 오렌지 농장에선
산성비가 위액처럼 쏟아지는데요.
멍청한 소리 마라 아들아
너는 빛깔 나쁜 오렌지 하다못해
유통 기한이 지난 우유라도 되어야 한다.
누군가의 허기가 문을 열어 줄 때까지
별빛을 그리워해서도 안 되며
잘 진열된 혼돈 속에 다소곳이 앉아야 한다!
그러나 이 곳의 포만감은 무한대로 공허하고
냉장고 속에 앉아 있을 때
엄마는 전기를 아껴야 한다며 문을 닫는다.
나는 원인 모를 공복감이다.

_ 제3회 한국문화예술위원회 위원장상(2007년)

오백원(추진수) :: 안녕하세요, 저는 시를 사랑하고 십 년 후에도 시를 좋아할 추진수라고 합니다. 사실 시에 대해선 완전 문외한이고 시보다는 시시한 농담 따먹기 같은 데 더 재주가 있습니다. 앞으로 시간을 두고 시와 제 자신에 대해 좀 더 진지해지고 싶은 게 제 바람이랍니다.

12

뒤비

消雨(소우)

"대문 나와 시냇물
다리를 건너서
슈퍼 옆에 난 골목길
글루 들어서

초록 대문에 들어가면
그기가 선남네 집이라.
해 지새워 맹근 뒤비를 준다카이 받아 오그라."

할머니 말씀 기억하며
대문을 넘으면,

얼어 버린 시냇물 근처 잡초 무성하고
문 닫은 구멍가게 옆을 지나서
사람 둘 지나갈 좁은 골목길을 향한다.

아무리 둘러봐도 초록 대문이 없어
이름표를 둘러보며 선남네를 찾았지만
선남네는커녕 개 짖는 소리에 놀라 돌아왔다.

"으이그.
골목 드가서 애경이를 찾그라.
그 집 막둥이가 애경이라.
부르면 귀신거텀 알아들어."

또다시 대문, 다리, 슈퍼, 그리고 골목.
애경이를 찾지만 돌아오는 건
개 짖는 소리다.

한숨 쉬며 발 돌리려는데
세월에 녹슬어 색이 다 벗겨진 대문 하나가
쇳소리 내며 열렸다.

흰머리에 스웨터 겹입은 할머니가

뒤로 삽살개 한 마리 끌고 밖으로 나왔다.

반가운 마음에 선남네가 어디냐 잡고 물어보니

"니가 성철이 맏딸이가?
하이고 마이도 컷구망. 할미 기억하나?
애경이가 뭐 그리 짖나 했드니만
손님 와서 방갑다 인사한 기구면."

삽살개 애경이가 멍 하고 짖자
그 집 첫째 손주 선남 언니가 나와
김 오른 두부 담은 봉투를 내 손에 쥐여 주었다.

"우리 집에서 새벽부터 만든 기라.
이건 뒤비 만든 기고 이건 비짓국이라.
할매 마이 잡수라 전해 주고."

꾸벅 인사하고 뒤돌아 가는 내 뒤로
그 집 막둥이 애경이의
잘 가라고 짖는 소리가 들렸다.

오른손엔 비짓국

왼손엔 뜨끈한 뒤비 다섯 모.

_ 제2회 한국일보사 사장상(2006년)

消雨(신혜연) :: 안녕하세요. 글과 그림 외에도 여러 가지 취미활동을 하고 있는 학생입니
다. 글은 쓰는 것도 좋아하지만 읽는 것을 더 좋아합니다. 현재는 다른 나라의 문학작품들
을 보다 생생하게 접하기 위하여 다국의 언어를 배우고 있습니다.

나무 2

빨강머리앤

바람에 흔들리는 나무가 수백 가지 모양이다
나뭇잎 꺾이고 뒤집히는 순간의 순간들에
하나의 나무가 수천의 나무로 번진다
나뭇잎이 많으면 많을수록 늘어나는 생의 단면들
그러므로
나무는 나뭇잎만큼의 기억을 가지고 산다
하여 바람이 분다는 것은
나무의 기억들을 흔드는 일
한 장씩 밀어 올린 잎들이
사그락 사그락 저들끼리 몸을 부벼
하나의 기억이 또 하나의 기억을 흔들고

그렇게 기억이 이어지고 끊어지기를 반복한다
그러다 가을이 오면
나무는 기억을 노릇노릇 익혀 내고 불긋불긋 삭혀 내어
한 해의 기억들을 가만히 제 발밑에 내려놓는 것이다
그러므로 나무가 겨우 한 장 나뭇잎을 달고 서 있는 것은
제 생의 가장 소중한 기억을 그러쥐고 있는 것

_ 제2회 한국문화예술위원회 위원장상(2006년)

빨강머리앤(김진선) :: 보통 흔들리는 빨강의 하루는 그렇습니다. 뒤뚱거리는 아버지의 짝짝이엉덩이가 우스워 죽겠어 폴짝폴짝 뛰기도 하고, 자목련을 살려 달라고 하는 바람에 집에 항의 전화를 걸기도 하고, 질긴 베이글을 씹으며 창밖으로 나무 밑에서 자는 사람들을 지켜보기도 하죠. 저기 근데요…… 저랑 같이 토마토 주스 한 잔 안 할래요?

이빨 빠진 쑥떡

광인변주곡

이파리가 씹혀 나오는 쑥떡을 먹고 있을 때
현관문을 열고 거대한 쑥떡이 한 덩이 들어온다.
다녀오셨어요 아버지
응
오늘도 작업복이 씹다 뱉은 쑥떡 같아요 좀 털고 들어오세요
응

동굴은 아늑하다
굽은 등이 쑥떡을 잡수신다 웅크린 채로
호랑이의 긴 척추처럼 뛰쳐나간
저 등뼈가 참을성이 없다고

사람들이 쑥떡쑥떡하는 소리가

아버지는 잘 안 들리시는 모양이다 그럴 수밖에

종일 귓구멍을 쑤셔 온 용접 소리

그리고 40년 넘게 동굴 벽을 긁어 대는 호랑이의 발톱 소리에

파열된 고막

아, 귀가 먹으신 쑥떡

응?

아니요 목이 멘다구요 아버지

뭐라구?

_ 제1회 문화관광부 장관상(2005년)

광인변주곡(문고은) :: 아직 시의 치열함을 느끼기 위해 노력중인 광인변주곡입니다. 시간
이 갈수록 낡은 언어들이 방향을 잃고 주저앉더군요. 배의 방향을 잡기 위해 일어서서 한쪽
다리로 노를 젓는 미얀마 어느 부족의 사공처럼 시를 쓰기 위해 일어서고 있는 중입니다.

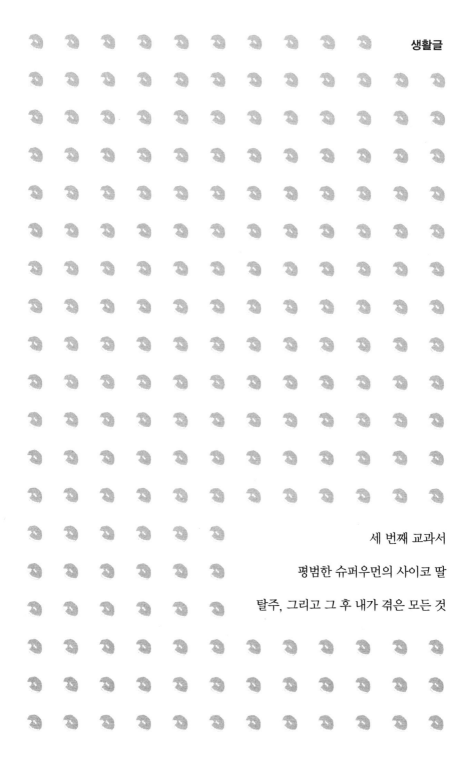

세 번째 교과서

르샤마지끄

이야기는 나와 교과서의 악연에서 시작된다.

내신 등급제가 시행되고, 학생부 반영 비율을 둘러싼 정부와 대학의 논박이 빈번한 시대를 살아가는 우리 고등학생들. 그들 사이에서 새로이 대두되는 사건이 있으니, 그것은 다름 아닌 '교과서 감아 가기'이다. 고등학생들 사이에서 '훔치다'라는 뜻으로 쓰이는 은어 '감아 가다'의 출생 역시 교과서에서 비롯되었다.

스스로 생각하기에도 평화롭던 중학생 시절을 보내고, 바야흐로 고등학교에 입학해서 설레는 마음으로 친구들을 사귀고, 선생님들과 교감을 나누던 나에게 처음으로 '고등학교는 장난이 아니구나.'라는 충격적인 생각을 하게 했던 것은, 야자 첫

날 해지는 풍경도 아니요, 과목당 백 분을 넘나드는 고통의 모의고사 시간도 아니요, 깊은 좌절을 안겨 준 성적 변화도 아닌 '교과서'였다.

때는 고등학교 일 학년 일 학기 기말고사 디데이—10일 즈음. 당시 반에서 2등이라는 꽤 높은 중간고사 성적을 자랑하던 나에게 시험에 쫓기던 '벼락치기 부대(이후 벼락대)'가 달라붙은 것은 어찌 보면 당연한 일이었다. 나는 중학교 때처럼 그들에게 『국어(상)』의 「구운몽」을 주제로 땡전 한 푼 못 받는 강의를 해 주고 있었다. 강의가 끝날 즈음 지각한 '벼락대'가 앞부분에 대한 설명을 또 요구하면, 다시 강의를 처음부터 반복해야 했던 시절이었다.

섭취한 칼로리를 금세 입으로 다다다 내뱉는 석식 시간의 강의가 끝나고, 야자를 준비하려고 자리에서 일어나 사물함으로 향하던 나는 이상한 낌새를 챘다. 다시 자리로 돌아와 그 원인을 알아내려고 안간힘을 쓰다가 문득 책상 위가 허전하다는 것을 깨달았다. 국어 교과서가 없어진 것이다. 책상 서랍이며 책상 밑, 책가방, 사물함까지 샅샅이 뒤졌지만 교과서는 간데온데없었다. 나는 다른 반 벼락대를 심문하러 교실 문을 나섰다가 멀리서 걸어오는 야자 감독 선생님의 호통에 그냥 주저앉고 말았다. 별수 없이 자리에 앉아서 한참 동안 사건의 전말을 되감기해 보았지만 범인은 떠오르지 않았다. 노여움에 온몸이 떨려 오기 시작했다. '내가 어째서 이런 녀석들을 도와주였던 걸까. 나는 이 정도 인격밖에 되지 않는 건가. 이 학교는 무슨 도둑놈 소굴이야?' 별의별 생각이 다 들었다.

그 일은 나에게 처음으로 내신 관리의 살벌함과 입시 제도의 부작용, 친구의 무서움을 체감하게 한 놀라운 사건이었다. 그 뒤로 나는 똑같은 일을 빈번하게 당하기 시작했다. 마치 물탱크에 구멍이 생기면 그게 점점 커져 결국엔 물이 하나도 남지 않듯 내 믿음도 바닥났다. 여름방학 때 사물함 열쇠를 학교에 빠뜨리고 온 날, 하루 만에 보충 교재 세 권을 잃는 경험이 더해지면서 나는 더 버틸 힘을 잃고 대책을 강구하게 되었다. '사물함 열쇠를 잘 챙겨야겠어. 교과서에 나만 알 수 있는 표시를 해 둬야지.' 하는 생각이 떠올랐지만, 보이지 않는 세력들은 모든 방어막을 뚫고 이미 카오스에 빠진 나에게 덤벼들었다. 그러니 그런저런 대책들은 아무 소용이 없었다고 하는 게 맞겠다.

이 학년이 되던 날이었다. 처음 보는 친구들이 대부분인 새 교실에서 가장 먼저 든 생각은, '이 안에도 내 교과서 노리는 녀석이 있겠지. 내 교과서 감아 갈 만한 녀석은 누구누구일까.'였다. 그리고 첫 수업을 맞이하기 전에 나는 모든 교과서에 그 동안 씌우지 않던 책싸개를 씌우고, 책싸개 위에 나만의 의식과 주문을 쓰는 등 다른 친구들과는 다른 독특한 디자인을 추구하기에 이르렀다. 책싸개는 나름대로 예뻤으며, 이대로라면 감기더라도 금방 찾을 수 있거나, 적어도 제보는 쉽게 받을 수 있으리라고 생각했다. 다른 아이들 역시 마찬가지였다. 그 중에 생각나는 몇 가지를 말해 보자면, 한 아이는 달력의 흰 면으로 교과서를 도배했고, 다른 아이는 제 이름을 수십 번 썼다. 또 다른 아이는 '내 책 감아 가는 사람, 열심히 공부해서 꼭 서울대 가라.'는 저주 어린 반어를 쓰기도 했고, '제발 좀 살려도. 내 책 두 권(문학, 지리) 남았다.'는 문구로 감정에 호소하기도 하였다. 이처럼 '교과서 감아 가기'가 불러온 카오스에 대항해 발버둥치는 친구들의 눈물 어린 사투를 지켜보며, '내가 어쩌다가 이런 고등학교에 왔을까!' 하는 충격에 다시금 휩싸였다. 나는 사물함을 더욱 단단히 잠그고, 잠기지 않는 책상 서랍과 책가방은 아예 쓰지 않기로 했다.

그리고 이 학년 일 학기 중간고사 디데이-10일. 나는 올해 급식 도우미를 맡았기 때문에 점심시간에 일찍 교실 밖으로 나가서 급식차를 정리하고 배식을 해 주어야 했다. 그래서 무의식적으로 4교시 한문 시간에 썼던, 필기가 정성 어린 한문 교과서를 책상 서랍에 넣고, 다른 때와 마찬가지로 배식을 하러 나갔다. 마지막으로 급식을 받아 들고 교실로 돌아와 내 자리로 가다 보니, 문득 '아차!' 하는 생각이 들었다. 책상 서랍을 뒤져 보았더니, 역시나 한문 교과서가 사라졌다!

나는 심한 좌절감을 느꼈다. 지금까지 잘해 오다가 딱 한 번 주의를 게을리 한 것뿐인데, 그새 남의 교과서를 감아 갈 수 있는 것인가. 도대체 이 학교는 어떻게 된 것인가. 하지만 벌써 여러 차례에 걸쳐 이런 일을 당한 나는 쓸데없는 좌절감 따위는 쉽게 떨쳐 버리고 범인 찾기에 정신을 쏟을 수 있었다. 그렇다. 배식할 때 평소와 태도가 달랐던 아이, 내 눈길을 피하는 아이, 나를 보는 눈빛이 달라진 아이……. 나는 벌써부터 범인 색출에 달인이 된 것일까. 범인은 금세 한 사람으로 좁혀졌다. 아무리 생각해도 범인은 그 녀석이다. 하지만 그 녀석은 내가 추궁하거나 달래서 돌려받기엔 너무나 난폭하고 속 좁은 아이였다. 더군다나 내가 만약 잘못 생각한 것이라면, 나는 '역적'으로 낙인찍힐 수도 있는 상황이었다. 심각한 딜레마에 빠진 나는 한문 교과서를 포기하는 편이 나을 거라는 생각도 잠시 해 봤다. 하지만 자존심이 허락하지 않았다. 나에게는 이 모든 것을 현명하게 처리할 수 있는 능력이 있을 것이라고 생각했다. 그 녀석 기분도 상하지 않고 나도 뒤끝 없이 기쁜 마음으로 돌려받을 방법이 있을 거라고 확신했다. 그러기 위해서는 일단 범인을 확실히 해 둘 필요가 있었다.

그 날 야자 시간, 나는 녀석과 제법 친한 친구인 그 녀석 짝지 옆자리에 앉았다. 시험 몇 주 전부터 영어만 파고 있는 그 아이에게 나는 말을 붙였다.

"영어만 공부하나?"

"응, '인 서울(In Seoul)' 하고 싶은데 실력이 안 되니깐. 전 과목 다 볼 수는 없고 일단 영어만 팔라고."

"내가 도와줄게."

나는 열심히 영어를 봐 주었다. '열심히'라고 해 봤자 본문 해석해 주고 모르는 단어 있으면 익히기 쉽게 설명해 주는 정도였다. 그러자 뜻밖에 그 아이가 먼저 말을 꺼냈다.

"니, 니 한문 책 감아 간 사람 궁금하제?"

"어, 당연하지. 왜? 아나?"

"응, 근데 웬만하면 그냥 안 찾는 게 나을 거다. 걔는 일 학년 때도 대단했다. 악마다, 악마. 장난이 너무 심해가지고 걔 때문에 애들 교무실에도 많이 불려 가고 교과서 아니라도 남의 물건 함부로 가져가고. 그러니깐 그냥 포기하고 한문 책 하나 새로 사 가지고 필기도 다시 다 하면 공부도 되고 좋잖아. 그냥 포기해라. 그리고 내가 걔라고 한 애는 J다."

"아, 걔였나. 그렇게 악독한 애가? 그래, 현명하게 처신할게. 고맙디."

현명하게 처신해야지. 이제 포커스는 그 녀석으로 좁혀졌다. 나는 영어 듣기 시험이 내일인 것도 잊고 대책 강구하기에 혈안이 되었다.

다음 날 3교시. 나는 영어 듣기 시험을 준비하고 있었다. 그런데 누가 자꾸만 뒤에서 등을 치는 것이었다. 돌아보니 그 녀석이었다.

"성열아, 듣기 답 좀 가르쳐 도. 어차피 듣기다 아이가. 영어 성적에 듣기가 얼마나 들어간다고."

"뭐, 내가? 그런데 가르쳐 주면 갑자기 성적 올랐다고 쌤들

28

이 의심할 텐데."

"아, 괘안타. 내가 알아서 할게."

황당한 녀석이었다. 내 한문 교과서를 감아 가 놓고는 아무렇지도 않은 듯 나에게 커닝을 요구할 정도로 간 큰 녀석은 얘가 처음이었다. 그런데 불현듯 어떤 생각이 빛줄기처럼 내 머리를 스쳤다.

"좋아. 그럼, 내 한문 책 좀 찾아 줄래? 내 한문 책 감긴 거 알제? 시험도 이제 일주일밖에 안 남았는데, 지금 한문만 못 보고 있다. 다른 과목들은 그럭저럭 봤는데. 니 친구들 많다 아이가. 그니깐 내 한문 책 찾는 것 좀 도와도."

"오, 좋다. 내 듣기 가르쳐 준다는데 그것도 못하겠나. 나만 믿어라. 이틀 안에 찾아 준다."

물론 제대로 가르쳐 준 건 아니었다. 다섯 문제 중 한 문제만 제대로 가르쳐 주었다. 하지만 내가 틀릴 가능성이 있고 걔도 내 답을 전부 다 그대로 베끼지는 않겠다고 했기에, 이렇게 하더라도 걔가 다섯 문제 중 두 문제는 맞힐 수 있지 않겠느냐는 생각이었다. 혼란스러웠던 영어 듣기 시험 시간을 보내고 난 뒤 나는 비로소 한문 교과서가 돌아올 거란 희망을 가지고 편안한 마음으로 중간고사를 준비할 수 있었다.

그리고 중간고사 두 번째 날, 한문 교과서가 돌아왔다. 한문 시험은 세 번째 날이었기 때문에 아무래도 한문 과목은 버려야겠다고 체념하려던 순간이었다. 나는 그 녀석에게 진심으로 고마워하는 척 "고마워. 정말 고마워."를 연발했다. 사실 고마운 마음이 조금은 있었다. 나는 집으로 돌아와 한문을 불나게 공부했고, 다음 날 한문 시험에서 두 문제밖에 틀리지 않았다. 두 문제 모두 틀릴 만한 난이도의 문제였기에 조금도 불만이 없었다. 영어 듣기 시험은 신기하게도 그 아이와 내 성적이 엇비슷하게 나왔고, 나는 이 학년 일 학기 중간고사에서 당당히 전교 일등을 했다. 그 한 달은 그야말로 다사다난했지만 '교과서를 감기고도 이렇게 보람 있는 고등학교 생활을 보낼 수도 있구나.' 하는 희망을 가져다 준 사건들로 가득했다. 나는 그렇게 한문 교과서와 헤어지고 다시 만나면서 새날을 맞았다.

그렇게 나름 행복한 고등학교 시절을 보내는 가운데 기말고사가 다가왔다. 디데이−1일. 나는 사물함에 둔 교과서를 모두 집으로 가져가기 위해 잠깐 책상에다가 쌓아 두는 치명적인 실수를 했다. 내 한문 교과서를 감아 갔던 그 녀석은 보충 수업을 안 해서 이미 집으로 돌아갔으니, 어느 누구도 내 교과서를 감아 갈 리 없을 것이라고 오판을 한 것이다. 그래도 그 동안 교과서에 각별한 주의를 기울여 왔던 터라, 나는 쉬는 시간마다 교과서가 제자리에 있는지 점검했다. 그럴 때마다 교과서는 고맙게도 가지런히 있어 주었다. 그런데 보충 수업 마지막 시간을 남겨 두고 친한 친구가 빵을 사 준다고 매점으로 가자고 했다. 그 말에 스스럼없이 일어나 매점으로 가는데, 그 친구가 이렇게 말하는 것이었다.

"성열이, 니 교과서 그렇게 관리하다가 또 감기는 거 아니가?"

"괜찮다. 아직까지 한 권도 안 감겼던데, 지금 올라가서도 안 감기면 무사한 거다. 만약 감겼으면 그 자리에서 쌤한테 부탁하고 찾으면 되지."

"내가 뭐 하나 가르쳐 줄까?"

"뭔데?"

"P가 니 윤리 문제집, 방금 교실 나오기 전에 감아 갔다."

"뭐, P가? 걔 그럴 애 아닌데. 음, 나중에 올라가서 확인해 볼게."

우리는 매점에서 나와 빵을 먹으며 교실로 올라갔다. 나는 애서 태연한 척 책상 위에 쌓인 책을 훑어보았다. 진짜였다. 내 윤리 문제집이 없어진 것이다. 그 다음 시간, 나는 선생님께 양해를 구하고 잠시 윤리 문제집을 찾겠다며 교탁 앞으로 나왔다.

"내 윤리 문제집 감아 간 사람 가져온나."

교실은 일순간에 싸늘해졌다. 나는 문득 정신을 차렸다. 이건 정말 아니다 싶었다. 내가 주동해서 이런 싸늘하고 불편한 분위기를 만들 수는 없는 것이었다. 한 아이 때문에 다른 친구들에게 불만을 심어 주기는 더더욱 싫었다. 그러나 어쩌겠는가. 이미 엎질러진 말은 되 담을 수 없는 노릇이다.

"내 윤리 문제집 가져간 놈 나오라고. 다 알고 있다. 지금 가지고 오면 용서해 줄 테니까 빨리 나온나."

그러자 반장이 조심스레 말했다.

"누군데? 성열이 윤리 문제집 감아 간 사람 어서 돌려줘라."

나는 비웃으면서 말했다.

"찾을 필요 없어. 니 옆에 앉아 있네."

모두 반장 옆자리에 앉아 있는 P에게 시선을 돌렸다. P는 얼굴이 벌게져서 몇 초간 부들거리며 앉아 있더니 자리를 박차고 일어서서 사물함으로 갔다. 그러고는 사물함 문이 부서져라 열더니 내 윤리 문제집을 꺼냈다. 나는 믿었던 녀석에게서 증거가 나오자, 화가 치밀어 올랐다. P는 나에게 윤리 문제집을 던졌다.

"그냥 한 번만 보고 줄라 했드만. 아, 짜증나네."

그렇게 한마디 던지고는 교실 문을 밀어젖히고 그대로 나가버렸다. 나는 여기서 내가 어떤 말을 하더라도 이 사태가 수습되기는커녕 점점 더 악화될 것을 직감했기에, 선생님께 죄송하다는 말을 하고 그대로 자리에 들어와 앉을 수밖에 없었다. 그 수업 시간 내내 나도, 친구들도, 선생님도 수업을 제대로 하지 못했다. 나는 심한 죄책감이 들었다. 이러는 게 아니었는데.

집으로 돌아온 나는 공부를 하려 했으나 잘되질 않았다. P에게도 미안했고 다음 날부터 나를 보는 아이들의 시선이 어떻게 변할지도 무척 신경이 쓰였다. 사과를 할까 했지만, 내가 사과를 할 이유는 별로 없다고 생각했기에 이대로 흘러가도록 내버려 두기로 했다. P에게 적대감을 갖지 않기로 했다. 하지만 얼마간 내가 그 녀석에게 화났다는 느낌을 받을 수 있게 해야겠다고 생각했다. 그리고 정신을 차려 공부를 하려고 교과서를 봤더니, 이럴 수가! 한문 교과서와 한국지리 교과서가 사라졌다. 도대체 언제지? 이럴 수가!

기말고사는 상상 이상으로 못 쳤다. 중간고사 때만 해도 전 과목에서 일 등급을 받을 줄 알았는데, 일 등급이 네 과목 정도로 터무니없이 줄어 버린 것이다. 하지만 나는 순순히 받아들이기로 했다. 어쩌면 이 모든 일은 내가 자초한 것인지도 모른다, 라고. 한문은 한문 과목을 포기한 친구의 교과서를 빌려서 공부를 했기에 하나밖에 틀리지 않았지만, 한국지리는 두 문제를 틀렸다. 전 과목 평균은 5점 정도 떨어졌고 주요 과목 평균은 90점도 채 되질 않았다. 허나 이런 점수 따위는 하나도 중요하지 않았다. 내가 벌인 일을 어떻게 수습해야 할지가 더 막막했다. '기말 고사 하루 전날에 한 과목 수업을 엎어 버린 죗값일까? 이제 친구들에게 무슨 면목으로 다가서야 하나.'

기말고사가 끝난 날, 나는 교과서를 새로 사려고 서면의 동보서적으로 갔다. 전문 서적, 비소설, 문제집 코너를 지나 간신히 찾은 2007학년도 7차 교육 과정 교과서 코너에는 한국지리와 한문 교과서가 꽂혀 있었다. 정말 깨끗했다. 마치 내 죄를, 내 혼탁한 정신세계를 모두 씻어 내기라도 하려는 듯이 깨끗했다. 이것만 있으면 나는 올해 들어 세 번째로 새날을 열 수 있을 것 같았다. 내 세 번째 교과서로 말이다.

다음 날 학교에 가서는 한국지리 시간에 있을 교과서 필기 검사를 대비해 친구 교과서를 빌려 새 교과서에 정성스레 필기를 했다. 일 학기 초부터 말까지 필기한 내용을 모두 검사하는 거라서 분량이 아주 많았다. 필기를 마칠 때까지 여섯 시간 정도 걸렸던 것 같다. 한국지리에서 두 개나 틀린 나로서는 수행평가라도 잘 받아 둬야 일 등급의 승산이 있을까 말까 하는 상황이었기에 더 열심히 했다. 그리고 필기 검사는 만점을 받았다.

교무실에는 검사를 마친 우리 반 친구들의 한국지리 교과서가 쌓여 있었다. 선생님은 부반장인 나에게 그것을 가져가라고 시켰다. 그 책들 사이에서 내가 잃어버린 책을 찾아볼까 하는 생각도 들었지만 이내 포기했다. 나에게는 일 등급에 매달렸던 과거의 혼탁한 모습보다 현재와 미래를 위한 명철한 마음가짐이 필요했다. 그렇게 다시금 마음을 다잡으며 교실로 돌아왔다.

내 책상 속 깊숙한 곳에 편지가 있었다.

성엽이에게

미안해. 한문 책이랑 지리 책은 내가 가지고 있었어. 내가 성적이 너무 안 나와서 공부 잘하는 애들 책이라도 몰래 가져가서 공부를 해 보려고 했어. 공부하고 다시 돌려놓으려고 했는데,

막상 돌려주려니깐 그 뭐기가 힘들고 무섭더라. 결국에는 내 성적도 잘 안 나왔는데 말이야. 미안, 니 성적까지 내가 모조리 다 깎아 버려서. 그것 때문에 지금은 내 이름을 밝힐 수가 없다. 그리고 책은 돌려줄게. 미안. 내가 누군지 알려고 하지 말았으면 좋겠다. 정말 미안하다. 나는 이제 그냥 성적 따위 잘 안 나오더라도 떳떳하게 살련다. 그리고 마지막으로 니가 날 위해서 희생했다고 생각해 줬으면 좋겠다. 이 편지 받고 더 화내지 말고 좋은 쪽으로 생각해 줬으면 좋겠다. 니가 더 화날까 봐, 그리고 너무 죄책감이 들어서 더 이상 길게 쓰는 것도 힘드네. 정말 미안하다. 미안하다.

사물함에는 지리와 한문 교과서가 마치 처음부터 있었다는 듯 가지런히 꽂혀 있었다.

결국 나는 모든 걸 용서했고, 용서 받았다.

_ 제3회 한국일보사 사장상(2007년)

르샤마지끄(최성열) :: 절벽에서 피는 꽃, 말보다 행동, 그리고 순수한 용기를 추구하는 사람, 최성열입니다. 나이가 들어도 지금 나다움을 간직하며 살고 싶은 게 제 꿈이고요, 글도 항상 꾸밈없이 진심으로 쓰려고 노력합니다. 앞으로도 떠오르는 감정 그대로 솔직하게 글 쓰고 싶고요, 제 글을 읽는 사람들 가슴이 따뜻해질 수 있었으면 좋겠습니다.

평범한 슈퍼우먼의 사이코 딸

kazki

엄마는 슈퍼우먼이었다. 새벽에 일어나 학교에 가는 나를 위해 새벽별이 스러지기도 전에 눈을 떴다. 내가 학교에 가고 나면 내 동생을 학교에 보내고 나서야 출근했다. 직장에서 돌아오면 집안일을 혼자 다 해치웠다. 그리고 대학원 공부를 하느라 수험생인 나보다도 늦게 잠들었다. 야간 대학원에서 A학점을 받고도 "A⁺를 받아 장학금을 탔어야 했는데……."라며 아쉬워했다. 공부에 한이 많았던 엄마는 우리 가족의 사회적 위치를 들먹이며 편하게 살기 위해서는 누구보다도 앞서가야 한다고 거듭 말했다. 그런 엄마를 보며 나는 이렇게 힘들게 사는 엄마를 위해 착한 딸이 되고 싶었다. 그러려면 엄마가 내 성적 때문에 걱정하는 일은 없어야 했고 내가 할 수 있는 거라곤 공부뿐이었다. 나는 공부를 잘해서 엄마에게 효도를 해야겠다고 결심했다.

내가 순진했다. 그저 시키는 대로 열심히만 하면 엄마가 나를 '노력하는 착한 딸'로 인정해 줄 거라고 생각했다. 나는 네시간 야자를 하는 동안 꿈쩍도 하지 않는 것은 다반사요, 쉬는 시간에도 책에서 눈을 떼지 않았다. 점심과 저녁 식사 시간을 아껴 가며 죽어라고 공부했다. 남들이 웃고 떠드는 스쿨버스 안에서도 핸드폰 조명을 켜고 책을 읽었다. 심지어 아침 청소 시간에 청소를 하면서도 단어장에서 눈을 떼지 않았다. 다행히 성적은 내가 노력한 만큼 나와 주었다. 상장도 몇 장이나 받았다. 그것들은 내게 정말 열심히 노력했다고, 수고했다고 속삭였다. 좋은 성적을 받을 때마다, 가장자리에 금박이 반짝거리는 상장을 받을 때마다 나는 기뻤다. 그런 것을 가져가면 엄마가 기뻐할 테고, 칭찬 받는 착한 딸이 될 수 있다고 생각했기 때문이다.

하지만 내 희망은 번번이 짓밟혔다. 엄마의 기준은 내 능력보다 한참 위에 있었다. 꼬리표에 백 점이 수두룩해도 엄마의 눈에는 틀린 문제만 보였다. 아쉽다, 아깝다, 아이코, 이 문제만 맞았으면 '올백'인데. '올백'이 아닌 이상 엄마를 만족시킬 수는 없었다. 나는 한 번도 '올백'을 받지 못했다. 하루는 엄마 앞에 상장을 꺼내 놓았더니 그걸 가정 통신문과 함께 한옆으로 치워 버렸다. 물론 엄마 눈에는 평범하기 그지없는 학교 상장 같은 것은 눈에 들어오지도 않았을 것이다. 방학 내내 밤을 새워 가며 공부해서 외국어 자격증을 땄더니, 요즘 그거 못 따는 애들이 어딨냐며 조금만 더 공부해서 더 높은 급수를 따지 그랬냐고 했다. 눈물이 핑 돌았다. 억울했다. 그래도 '좀 더 잘하면 칭찬해 주시겠지. 이번엔 내가 좀 부족했나 보네. 아니, 조금만 더. 조금만 더.' 하며 나는 눈앞에서 어른거리는 엄마의 기대를 향해, 쓰러지기 직전에 신기루를 본 여행자처럼 비척비척 걸었고 때론 이를 악물고 기어가기도 했다.

사 년이 그렇게 지나갔다. 허무했다. 받지도 못할 칭찬을 꿈꾸며 나는 헛고생을 하고 있었다. 엄마가 원하는 대로 자격증을 따기 위해 한두 달 학원을 다니며 특정 과목에 '올인'하고 합격하면 또 다른 자격증을 찾아 헤매고, 엄마가 원하는 점수를 받아 오기 위해 시험 기간이면 선생님이 귀찮아하실 정도로 질문을 해 대며 열을 올리고, 정기 고사가 끝나면 모의고사 대비한답시고 줄곧 문제집과 씨름하고……. 엄마한테서 전화가 오면 동아리 활동도 마음껏 못하고 눈치 봐서 슬쩍 빠져나가고, 노는 건 생각조차 못하고, 공부하고 잠들고 공부하고 잠들고의 연속. 하지만 그런 생활을 지속해도 엄마가 원하는 만큼 완벽하게 공부를 잘할 수는 없었다. 게다가 더 이상 그렇게 살고 싶진 않았다. 희망이 스러지자 내 전신에선 힘이 쭉 빠져 버렸다. '이젠 지쳤어.' 하며 나는 고등학교 이 학년 초에 공부를 놓아 버렸다. 당연히 성적은 스스로도 놀랄 정도로 곤두박

질쳤다. 그렇게 큰 폭으로 성적이 떨어질 줄은 몰랐다. 나 자신도 충격을 받았고, 담임선생님도 나를 보자마자 성적이 왜 그러냐고 걱정하셨다. 다른 선생님들이 나를 대하는 태도도 싹 바뀌어 버렸다. 나는 성적 변화가 불러온 주위 환경의 격변에 정신을 못 차리고 혼란스러워했다.

게다가 엄마의 잔소리는 날이 갈수록 심해졌다. 공부 못하면 아무짝에도 쓸모없다, 어중간하게 공부할 거면 아예 때려 치워라, 공부 안 할 거면 뭐 하러 비싼 돈 내고 학교 다니니, 집에서 일이나 하지, 네가 할 줄 아는 게 뭐 있니, 밥을 짓기를 해, 제가 입은 것 빨래를 하기를 해, 한두 살짜리 어린애도 아니고, 너는 왜 생각하는 게 그렇게 어리니, 넌 너밖에 생각 못하니……. 그런 말을 들을 때마다 그 말들이 전부 나를 향해 달려드는 것만 같아서 두려웠다. 하루 이틀이 아니었다. 매일, 기계적으로 반복되는 말, 말, 말. 그 말들이 괴물이 되어 내 가슴을 물어뜯었다. 다른 것은 다 잊을 수 있었지만 그 말만큼은 잊혀지지 않았다. 나는 제발 그런 말만은 듣고 싶지 않다고 소리치고 싶었다. 하지만 나보다 훨씬 더 고생하는 엄마에게 그런 말은 할 수 없다고 생각하며 참고 또 참았다.

나는 엄마가 그렇게나 증오하는 쓸모없는 인간이 되고 싶진 않았다. 하지만 엄마가 바라는 완벽한 딸도 될 수 없었다. 거기에서 오는 스트레스 때문에 내 팔목에는 연필 깎는 칼로 그은 상처가 하나 둘씩 늘어갔다. 가차 없는 칼질은 쓸모없는 자신에 대한 벌이었다. 그리 아프지도 않았다. 칼로 가볍게 몇 번 긋는다고 사람이 죽는 건 아니다. 나는 사이코가 된 듯한 기분을 느끼며 일종의 환각 상태에서 팔에 자꾸만 상처를 내고 희열을 느꼈다. 내가 얼마나 쓸모없는지 반성하며 한바탕 눈물을 쏟아 내고 난 뒤엔 아픔조차 느낄 수 없었기에 칼질이 더 격해졌다. 그렇게 문을 잠근 채 혼자서 한바탕 조용히 소동을 피우고 나면, 실처럼 피가 맺힌 붉은 선이 팔에 남았다. 상처는 아름다웠다. 상처는 사람을 아프게 한다. 그럴 때에만 상처는 쓸모가 있다. 쓸모가 있는 상처는, 가슴이 벅차도록 아름다웠다. 쓸모없는 나에 비하면.

창밖을 내다보는 일도 잦아졌다. 10층. 잔디밭은 너무도 가까워 보였다. 여기서 떨어지면 즉사다. 이 순간만 눈 딱 감고 뛰어내리면 더 이상 고생하지 않아도 된다. 방충망을 열고 밤바람을 느꼈다. 쏟아지는 달빛이 손바닥에서 부서져 내렸다. 두 발을 밖으로 내밀었다. 아무도 죽지 말라고 잡아 주지 않았다. 내 두 발은 허공에 떠 있었다. 머리를 밖으로 내밀었다. 그래, 그대로. 창틀을 붙잡은 두 손만 힘껏 밀어 준다면 나는 떨어질 수 있었다. 하지만 내 두 손은 굳게 창틀을 잡고는 놓으려 하지 않았다. 순간의 공포감조차 극복하지 못하는 내 나약함을 저주하며 나는 또다시 울고 팔에 상처를 냈다. 그러다 쓰러져 잠들곤 했다.

그렇게 여러 날이 지나갔다. 나는 스트레스로 인해 점점 더 움츠러들었다. 엄마는 그런 나를 보면서도 내게 상처 주는 말을 그만두지 않았다. 더 이상 이렇게는 못 살겠다고, 제발 그렇게 심한 말은 그만둬 달라고 혀끝까지 말이 차올랐다. 하지만 그 때마다 나는 엄마가 얼마나 힘들게 사는지를 생각하며 입을 다물었다. 나날이 쌓여 가는 스트레스에 죽어 버릴 것만 같았다. 아니, 차라리 죽고 싶었다.

그리고 어느 날, 아침부터 내 머릿속은 떨어진 성적과 캄캄해 보이는 앞날 생각에 복잡했다. 영 기운이 나지 않았고, 밝은 표정을 지을 수가 없었다. 워낙 아침밥을 잘 먹지 않는 나였지만 그 날은 유난히 밥맛이 없었다. 그 날따라 엄마는 밥을 잘 먹지 않는 동생을 혼냈다. 맞은편에 앉아 있던 나는 그 말이 다 나를 향해 오는 것만 같아 움츠러들었고 식욕은 더 떨어졌다. 결국 나는 밥숟갈을 놓고, 조금 여유 있게 나가 스쿨버스를 기다릴 요량으로 집을 나서려 했다. 밖에 서 있어서 좋을 건 없지만, 집에서 엄마와 동생이 싸우는 걸 지켜보는 것보다는 나으리라. 나는 현관문을 열었다. 그러자 엄마가 나를 불러 세웠다.

"아직 시간도 안 됐는데 어딜 나가려고 그래?"

"……."

"너는 또 왜 아침부터 인상을 팍팍 쓰고 그러니? 아직 시간 남았잖아. 뭐 하러 그렇게 일찍 나가?"

"……."

조금 일찍 나간다고 그렇게 야단법석을 떨 이유는 없었다.

한마디 대꾸도 없이 문을 열려 하자 엄마가 갑자기 어깨를 잡아챘다.

"너 오늘 왜 그러니? 아침부터 인상은 팍팍 쓰고! 힘은 하나도 없이 축 늘어져서!"

나가고 싶었다. 정말로 나가 버리고 싶었다. 이제 그만, 엄마, 제발 그만…….

"아니 시간 안 되었다니까 얘가 어딜 나가려고 그래? 일찍 나가서 뭐 하려고 그러는데!"

"……"

"대답 좀 해! 엄마가 물어보잖아!"

"기다릴 거야!"

나도 모르게 입에서 큰 소리가 튀어나왔다.

"뭐?"

"기다릴 거라고! 버스 올 때까지 조금 일찍 나가서 기다리고 있을 거라고!"

"그런데 왜 이렇게나 일찍 나가느냔 말이야!"

엄마도 언성이 높아졌다.

"기다릴 거라고! 기다릴 거라니까!"

"그러니까 뭐 하러 이렇게 일찍 나가냐고!"

"뭐 어쩌라고! 내가 일찍 나가는데 엄마가 왜 뭐라고 해? 내가 일찍 나가겠다는데!"

"너, 엄마 좀 봐 봐. 너 이리 와. 어디서 어른에게 고함을 지르고 그래, 응? 너 이리 와. 이리 와!"

엄마는 내 팔을 잡고 집 안으로 끌어당겼다. 화가 났다. 조금 일찍 나가겠다는데 대체 왜 이렇게 난리법석을 피워야 하는 건지 알 수가 없었다. 나는 잡힌 팔을 빼내려 위아래로 흔들었다. 하지만 엄마는 내 팔을 놓아주지 않았다. 아빠가 끼어들었다.

"왜들 그래, 왜들. 싸우지 말고, 왜 그래?"

하지만 아빠의 말에도 엄마는 아랑곳하지 않고 절간의 신장마냥 눈을 커다랗게 부릅뜬 채 나를 노려보았다.

"너 이리 와. 김소담, 너 이리 와. 어디 어른 앞에서 소리를 질러? 여기가 어딘데? 응? 네가 뭘 잘했다고 그렇게 눈 똑바로 뜨고 어른을 쳐다봐!"

더 이상은 참을 수 없었다. 나는 눈에 있는 대로 독기를 품고 엄마를 노려보았다. 이만하면 나도 참을 만큼 참았다고 생각했다.

"이게 계속 똑바로 쳐다보네! 시선 안 내려! 어딜 가려고 그래! 들어와!"

"……싫어."

"뭐?"

"싫어! 싫다고! 싫어! 싫어어어어어어어!"

"……?"

"싫어, 싫어, 싫어, 싫어, 싫어, 싫어! 싫어! 싫다고! 싫단 말야! 내가 싫다는데 왜? 내가, 내가 싫다는데 왜 자꾸 그러냐고? 왜! 왜! 왜!"

나는 정신병자처럼 계속 소리를 질렀다. 그저 싫었다. 그뿐이었다. 단조롭게 반복되는 매일, 그 매일 속의 잔소리와 스트레스, 나쁘게만 보이는 상황. 이 모든 것이 싫었다. 그리고 그 원인을 제공한 엄마가 누구보다도 증오스러웠다.

"좀 일찍 나간다는데 왜 잡냐고? 왜 그러는데? 대체 왜 그러는데? 싫다는데 왜 자꾸 잡는데? 왜 계속 잡고 난린데? 왜! 왜! 왜!"

나는 울음과 비명을 섞어 소리쳤다. 있는 힘껏, 저 멀리 닿을 수 없을 만큼 멀어 보이는 엄마를 향해. 아니, 지금 이 순간 누구보다도 가까이 있는, 바로 내 눈앞에서 눈을 허옇게 뒤집고 입에는 거품을 문 채 내게 달려드는 엄마를 향해.

"너 말 다 했어? 김소담, 말 다 했어? 이거 놔, 놔! 이거 놔! 내 저걸 그냥……. 놔! 놓으라고!"

"참아, 참아. 왜들 그래, 둘 다! 응? 소담아, 들어와. 말로 해, 말로! 어허, 가만히 있으라니까, 당신은!"

엄마는 아빠에게 잡힌 채 버둥거렸다. 엄마의 눈은 죽은 물고기 배처럼 허옇게 뒤집혀 있었고, 입가에는 거품이 조금 묻어 있었다.

"이거 놔, 이거 놔! 너 지금 그게 엄마한테 할 말버릇이야! 너 어디 엄마 죽는 꼴 볼래?"

'엄마 죽는 꼴 볼래?'라는 한마디에 나는 그야말로 '돌아' 버렸다. 모르면서, 아무것도 모르면서, 엄마 때문에 내가 얼마나 죽고 싶었는지, 대체 몇 번이나 죽으려 했는지 알지도 못하면서 엄마는 그런 말을 내뱉고 있었다. 몇 번씩이나 죽으려 했지만 나약함 때문에 죽지 못한 내가 밤마다 얼마나 '시뻘겋게' 울어 댔는지 알지도 못하면서. 순간 분노가 솟구쳤다. 나는 아빠에게 잡혀 거실에서 몸부림치는 엄마에게 다가가 상처 부위가 벌겋게 부은 손목을 들이밀었다.

"엄마, 나 죽는 거 먼저 봐. 나 죽는 거 먼저 보라고! 사람이 그렇게 쉽게 죽는 줄 알아? 봐, 보라구! 손목 몇 번 긋는다고 안 죽어. 알아? 어젯밤에 난 세 번이나 뛰어내리려고 했어! 세 번씩이나! 근데 못 뛰어내렸어! 사람은 그렇게 쉽게 안 죽어!"

"……!"

"소담아, 너 왜 그래! 너 엄마한테 그런 말 하는 거 아니야, 응? 정신 차려, 여보! 당신 오늘 출근 안 할 거야? 정신 차리라고!"

엄마는 여전히 아빠의 팔에서 벗어나려 몸부림을 치고 있었다. 나는 그 모습을 차갑게 바라보며 문을 닫고 집을 나와 버렸다. 동생에게 조금 미안했다. 아빠한테도 미안했다. 하지만 엄마한테는 미안하지 않았다.

나는 스쿨버스를 타는 대신 지하철로 향했다. 지하철역으로 걸어가며 남자 친구에게 문자를 보냈다. 바로 답장이 왔다.

'지하철에 뛰어들 생각 하지 말고 와.'라니. 자살할 생각은 없었다. 단지 스쿨버스를 타기 싫었을 뿐이었다. '바보, 내가 얼마나 상처 받을지는 생각도 안 하고.'라고까지. 내가 죽으면, 이 녀석은 상처 받을까. 이 아이에게만은, 내가 소중한 사람이 될 수 있을까. 이렇게나 골칫덩어리인데다 아무짝에도 쓸모없는 내가. 아빠에게서 문자가 왔다. 피식 웃음이 나왔다. '평상심 잃지 말고 학교에서 공부 잘하고, 제대로 들어와라.'라니. 날 대체 뭘로 보는 걸까. 겨우 이 정도로 내가 학교를 빠지거나 가출이라도 할 것 같은가. 겨우 엄마 때문에 학교를 빠지다니. 있을 수 없는 일이다. 마음 같아선 엄마 얼굴이 보기 싫어서라도 가출하고 싶었지만 내겐 돈이 없었다. 나는 아무 일도 없었던 것처럼 학교에 갔다.

"뭘 그런 걸 갖고 그래? 그거 내가 초등학교 때부터 겪었던 일이구만, 뭐. 별로 심각한 거 아니네. 너무 그렇게 고민하지 마. 그런 건 생각 안 하는 게 상책이야."

친구는 나와 엄마 사이에 있었던 일을 가족 간에 흔히 있는 말다툼 정도로 생각하는 듯했다. 그런 건 신경 쓰지 말라는 둥, 이 세상 엄마들은 다 그렇다는 둥 하는 말에 나는 조금이나마 위안을 받을 수 있었다.

"요즘은 내 동생이 엄마한테 너무 대들어서 내가 아주 미쳐버리겠다니까. 동생이 엄마랑 싸우면 시끄러워서 공부를 할수가 있나. 얼굴 풀어. 뭘 그리 걱정해. 일주일도 안 되어서 도로 원상 복귀 된다니까."

친구는 그런 이야기를 하면서도 태연했다. 친구를 보고 있자니 오늘 아침 일이 정말로 아무 일도 아닌 것 같았다. 어쩌면 그런 싸움은 다른 집에서는 일상다반사인데 우리 집에서만 아주 늦게 시작되었을 뿐인 흔해 빠진 일인지도 모른다.

하지만 아무리 생각해도 이건 그렇게 가벼운 일이 아니었다. 친구는 엄마와 그렇게 싸우고 나서도 돌아서면 화해한다고 하지만 나나 엄마의 성격상 그런 일은 쉽지 않아 보였다. 화가 나면 상대와 말 한마디도 안 할 만큼 고집 센 점이나 평소에도 말을 잘 안 하는 과묵한 점은 모녀지간에 꼭 닮아서, 웬만한 계기가 없는 한 나와 엄마가 다시 이야기를 한다는 것은 불가능해 보였다. 사태가 진전될 가능성은 없는 듯했다.

집에 오자 아빠가 나를 불러서는, "우리 얘기 좀 하자."고 했다. 아빠는 붉은 줄이 죽죽 간 내 팔목을 보고는 경악하면서 물었다.

"뭘로 했니?"

"연필 깎는 칼."

"죽을 거면 단번에 깊이 찔렀어야지."

"누가 모른대요? 이까짓 것 갖고 안 죽는다는 거 나도 알아요. 안 죽는다는 거 아니까 하는 거죠."

"하나, 둘, 셋, 넷…… 일곱 번씩이나 왜 이런 짓을 해, 여자애가."

사실 상처 자국은 열세 개였다. 멋대로 남의 아픔을 줄이지 말라는 소리가 목젖까지 차올랐다. 나는 아빠에게서도 도망치고 싶었다. 아빠의 말은 계속 이어졌다.

"이런 짓을 왜 했어? 이런 건 사이코들이나 하는 짓이야."

'어이쿠.'

문득 반감이 들었다.

'사이코여서 죄송합니다. 졸지에 사이코 딸을 두게 되셨군요. 제가 사이코라는 걸 모르셨던 게 참으로 유감입니다. 사실 전 아주 오래 전부터 미쳐 있었거든요. 그런데 그 동안 나만은 네 편이랍시고 언제나 믿으라는 둥 말했던 건 대체 뭡니까. 날 잘 알지도 못하면서. 위선자.'

면도칼 같은 말은 입속에서 맴돌 뿐이었다.

나는 상처가 난 손목을 손수건으로 가리고 다녔다. 보는 사람들마다 다쳤냐는 둥 한마디씩 물어보았지만 나는 대꾸하지 않았다. 엄마와의 일은 생각하기도 싫었다. 게다가 이 상처는 내 나약함을 드러내고 있었다. 눈앞에 창문을 두고, 뛰어내리지 못하는 자신을 저주하며 낸 상처. 쓸모없는 자신에 대한 벌이라며 기쁘게 냈던 상처. 너같이 '쓰잘데기 없는 녀석'은 벌을 받아야지, 하며 그었던 붉은 선. 그 선들은 손수건 밑에서도 겁쟁이인 나를 조롱하며 손목 위를 달리고 있었다. 네가 그렇지 뭐. 네가 할 수 있는 게 뭐가 있어. 넌 고작 그것밖에 안 돼. 죽을 용기도 없는 녀석. 그런 말이 모여서 내 손목에 상처로 맺힌 것이었다. 나는 이따금 손수건을 들추고 상처를 응시했다. 일련의 비현실적인 사건이 실재했다는 것을 그 붉은 선들은 말없이 증명하고 있었다.

나는 남자 친구에게만 손수건을 풀고 손목의 상처를 보여 주었다. 그 애는 아빠 같지 않았다. 질책하는 대신 자신이 경험한 일로 내 아픔에 공감해 주었다.

"내가 전에 얘기했던 그 후배 말야, 내가 개랑 전화하다가 일이 있어서 잠깐 전화를 끊었는데, 다시 전화했더니 그 동안 창가에서 계속 손목을 긋고 있었대."

"아빠가 나보고 이런 건 사이코나 하는 짓이라던데." 하고 내가 쓴웃음을 짓자 그는 반문했다.

"그렇게 치면 이 세상에 사이코가 넘쳐나게?"

맞는 말이었다. 손목을 긋는 아이가 어디 한둘인가. 아빠와 남자 친구의 말을 조합해 보면, 나는 지극히 평범한 사이코였다.

그의 엄마도 우리 엄마처럼 선생님이다. 그에게 물어보니 그의 엄마도 우리 엄마만큼 슈퍼우먼이었다. 새벽 등교하는 아들을 위해 신새벽에 일어나 밥을 짓고, 아들과 열두 살 터울이 지는, 유치원 다니는 꼬맹이를 돌보고, 틈틈이 아들이 좋아할 것 같은 음식을 개발하고, 청소하고 빨래하고……. 나는 입이 딱 벌어졌다. 청소와 빨래, 밥 짓기는 그렇다 치고 너희 엄마는 음식까지 네 입맛에 맞추어 만드시냐고 물었다. 그는 직장 다니는 엄마들 다 그 정도로 바쁘게 살지 않냐고 반문했다.

그렇게 치면 이 세상에 슈퍼우먼은 제 손으로 손목을 긋는 사이코만큼이나 흔했다.

한 주가 지나도록 엄마와 나는 서로 얼굴 한 번 쳐다보지 않았다. 나는 엄마 얼굴을 보게 될까 봐 알람을 엄마가 깨우는 시간보다 일찍 맞춰 놓았고, 야간 자율 학습이 끝나고 집으로 돌아올 때면 제발 거실에서 엄마와 마주치지 않기를 빌며 현관문을 열었다. 아침에 나를 깨울 때도 엄마는 나와 눈이 마주칠까 봐 문을 열고 일어나라고 한 뒤 도로 문을 닫아 버렸다. 물론 나도 엄마의 얼굴을 보고 싶지는 않았기에 침대에 다시 들어가는 일 없이 단번에 일어났다.

며칠간은 아침 밥상에 엄마 요리가 올라오지 않았다. 대체 어떻게 가게를 꾸려 가는지 궁금할 정도로 요리를 못하는 반찬 가게 아줌마의 음식 몇 가지가 식탁에 덜렁 놓여 있을 뿐이었다. 상관없었다. 어차피 엄마 음식도 맛없기는 마찬가지였고, 나는 맛없는 음식을 묵묵히 먹는 데는 이골이 나 있었다. 엄마와 한 상에서 밥을 먹게 될까 봐 야간 자율 학습이 없는 수요일에는 아예 밖에서 저녁을 먹고 들어왔다.

일요일에는 아침부터 집을 나서서 도서실에 틀어박혀 있다가 학원에 갔다. 내가 집에 있으면 엄마는 안방에서 절대 나오지 않았고, 나도 마찬가지로 되도록 내 방 밖으로 발을 떼지 않았다. 어쩌다 마주칠 때도 못 본 체했고, 물론 한쪽이 나갔다가 들어와도 인사조차 하지 않았다. 이러다 보니 집안 분위기는 싸늘해질 대로 싸늘해진 채 따뜻해질 기미조차 보이지 않았고, 아빠는 나와 엄마 사이에서 곤란해했다. 아빠는 짜증이 늘었다. 그는 더 이상 "난 항상 네 편이다."며 웃어 보이던 그런 아빠가 아니었다.

그렇게 두 달여가 흘러갔다. 엄마와 아무 말도 안 하니까 종종 엄마가 해 주는 일이 조금 고맙게 느껴졌다. 물론 그 전에도 엄마가 나를 위해 무언가를 해 주는 것은 좋았다. 하지만 그 때마다 엄마가 나 때문에 얼마나 고생하는지, 내가 얼마나 정신 못 차리고 공부를 안 하고 있는지, 외면하고 싶은 현실을 끄집어냈기 때문에 늘 고마움보다는 짜증이 앞섰다. 무주상보시(無住相布施). 도와준 뒤에는 도움을 주었다는 일조차 잊어버리는 그런 자세를 나는 원했다. 혼자 할 수 있는 일인데도 억지로 도움 받고는 어린애 취급 당하는 것은 신물이 날 지경이었다. '도와주고 싶으면 조용히 도와주든지, 도와주는 게 그렇게나 힘들면 아예 하지를 말지.' 수백 번은 더 내뱉고 싶었지만 한 번도 입 밖에 내 보지 못한 내 진심이었다. 싸우고 며칠 지나, 엄마가 해 준 아침밥을 먹고 나오면서 나는 생각했다. 이렇게 아무 말도 안 하면 고맙잖아. 대체 왜 좋은 일 하면서 욕 얻어먹게 투덜거리냐고. 고마운 마음까지 싹 사라지게 하냐고.

아빠는 "너랑 엄마 때문에 아주 죽겠다."며 웃으면서도 은근히 신경질을 냈다. 하지만 나는 한 번 입을 열면 쏟아져 나올지도 모를 비수 같은 말을 제어하지 못해 엄마에게 또다시 상처를 입힐까 봐 차마 먼저 말을 걸 수 없었다. 엄마도 내게 일어나라는 둥, 밥 먹으라는 둥 꼭 필요한 말 이외에는 하지 않았다. 그렇게 평행선 같은 관계가 지속되었다. 사실 될 대로 되라는 심정도 있었다.

그러던 어느 주말, 저녁 식사가 끝나고 엄마가 내게 말했다.

"이젠 엄마가 간섭하지 않으마. 필요한 게 있으면 말해라. 그럼 도와줄게."

그걸로 나와 엄마의 관계는 회복되었다. 어이없다면 어이없는 결말이다. 게다가 엄마는 내 생활에 간섭하지 않겠다면서 계속 잔소리를 해 대고, 직시하고 싶지 않은 현실을 눈을 가린 손가락 틈새로 밀어 넣는다. 그래도 더 이상 나 자신을 쓸모없다고 느끼게 하는 말은 안 한다. 그것만으로도 얼마나 큰 진전인가.

그 동안 손목의 상처는 흔적도 없이 다 나았다. 남자 친구는 날마다 상처가 얼마나 나았나 확인하더니, 상처가 다 나은 날은 환하게 웃음을 지었다. 나를 소중하게 여겨 주는 사람이 있기에 나는 이제 손목을 긋지 않는다. 아니, 긋지 못한다. 내가 나를 괴롭히면, 그도 괴로워하니까. 그가 괴로워하는 것을 보는 것이, 손목을 긋는 것보다 훨씬 더 괴롭다.

솔직히 말하면 나는 아직도 엄마와 아빠가 나를 소중하게 여기는지 헷갈린다. 물론 소중하겠지. 하지만 이건 영 아니다 싶을 때도 많다. 사랑한다면 상대방의 기분과 느낌을 존중해 주고 소중하게 대해야 하는데, 엄마와 아빠는 그런 것에는 익숙하지 못한 걸지도 모른다. 그들은 나와 이십 년 가까이 살아오면서도, 사귄 지 얼마 되지 않은 내 남자 친구보다 나를 존중하는 데 서투르다. 어쩌면 너무 가까운 관계라서 그런 것인지도 모르지만.

엄마가 집에 홍삼 제조기를 들여놓았다. 또 사서 고생이다. 하지만 어쩔 수 없다. 엄마는 엄마니까. 그것이 엄마의 존재 방식이라면, 딸로서 조금은 어울려 주는 것도 필요하지 않을까. 그게 같이 사는 사람으로서의 매너가 아닐까. 슈퍼우먼에게 평범한 인간이 되기를 강요하는 건 사이코에게 똑같은 것을 강요하는 일이나 마찬가지니까. 물론 엄마가 내 생활 방식을 존중해 주는 건 아니지만, 힘들어하는 엄마가 잠깐이나마 기대어 쉴 수 있는 기둥이 된다면 나도 그리 '쓰잘데기 없는 인간'은 아니지 않은가. 그런 생각을 하면서, 나는 아침저녁으로 쓰기만 한 홍삼액을 들이켠다. 밑져야 본전이지, 하며.

_ 제2회 한국문화예술위원회 위원장상(2006년)

kazki(김소담) :: 마음속에 쌓아 둔 슬픔의 응어리를 토해 낼 길이 없어 공책을 벼루 삼고 눈을 연적 삼아 슬픔을 갈아내는 사람, 펜을 혀 대신으로 쓰는 김소담입니다. 가슴속의 독을 뿜어내지 않고는 글을 쓸 수 없을까 하고 생각만 하고 있답니다.

탈주, 그리고 그 후 내가 겪는 모든 것

펜끝의자유

불량 학생에게서 온 편지.

한국인이 선망하는 모범생의 가치를 비웃게 된 나.
이 학년을 마치고 학교를 자퇴할 예정인 나.

대한민국 학생으로 살면서 제일 지루한 일은 길고도 긴 아홉 시간의 수업을 견디는 것이다. 이미 목표를 상실한 지 오래인 난 늘 불만스러운 태도로 자리를 차지하고 있었다.
심지어 한 노처녀 선생님은 나에게 이렇게 말하기까지 했다.
"왜 수업 시간에 선생님 지침을 따르지 않는 거니? 내가 이런 대접 받으면서 수업해야 하는 거니? 말해 보렴?(선생님은

"말해 보렴." 대목에서 학습용 리모콘을 던지는 시늉을 했고, 난 반사적으로 피하려다가 교실 사물함에 몸을 부딪혔다.) 정말 네 녀석 태도를 용서할 수 없구나. 싸가지 없는 자식, 꼴도 보기 싫어! 너 결석 체크 안 할 테니까 나가 있어. 그리고 앞으로 선생님 피해 다니고. 복도에서 마주치면 죽여 버릴 거야."

만약 마음 약한 여학생이 이런 말을 듣는다면 자존심이 상해 눈물을 뚝뚝 흘렸겠지만, 대한 건아인 나는 그 수업을 안 들어도 된다는 희망에 부풀어 웃으며 "예!" 하고 힘주어 대답했다. (선생님은 거의 울 지경이 되었다.)

이 정도이니 내가 모든 선생님들—아주 종교적 신념이 강한 선생을 제외하고—에게 미운 오리 새끼인 건 당연한 일이었다. 그러나 난 오히려 당당하게 지내고 있으며, 지금도 내 선택이 틀렸다고 생각하지 않는다. 항상 내 머릿속에는 이런 생각이 뿌리박혀 있으니까.

'내가 너희를 괴롭힌 건 최근 일 년이지만, 너흰 비인간적이고 비창조적이며 비효율적인 교육으로 내 인생의 십칠 년을 낭비하게 했다. 너희에게 베풀 동정은 없다. 캬!'

한 술 더 떠서 난 부끄러움 없이 항상 친구들에게 "내가 우리 학교 개교 이래 최대의 불량 학생이다!" 하고 큰소리치고 다닌다.

하지만 이런 내게도 최고의 강적이 있으니, 그가 바로 사탐 선생 '미스터 아르(Mr. R)'였다. 미스터 아르는 나이가 지긋한 오십 대 중반이며, 쉬는 시간마다 뒤뜰에 모이는 '전교조 담배 클럽' 회장이었다. 그는 또한 대한민국 최고의 주입식 강사였다. 이를테면 법의 정신을 이해해야 한다는 명목으로 헌법 전문을 노트에 두 번씩 베껴 적게 하는 식이다. 현대음악을 전공했는지 수업은 랩으로 진행했다. 유명 문제집 한 권을 요약정리해서 교과서에 그대로 베낀 뒤 그걸 수업 시간에 한 글자도 틀리지 않고 읽어 주었다. 그 속도가 얼마나 빨랐던지! 우린 일 학년 때 일반사회와 법과사회 절반을 끝냈으며, 이 학년 일 학기가 되기 전에 전 과정을 모두 훑고 지금 두 번째로 보고 있다. (참고로 다른 사탐 과목은, 우리 학교가 일반 인문고가 아니어서 사탐 과목에 대한 배려가 없기에 이제 겨우 절반을 넘겼다.)

물론 아이들의 수업 참여도는 0에 가까웠다. 아예 과목 자체에 흥미를 잃은 채 그 시간을 수면 시간으로 규정한 아이들이 반의 절반에 가까웠고, 나머지 아이들도 다른 과목을 공부했다. 심지어 법과사회를 선택한 아이들도 차라리 인터넷 강의를 들었다. 하지만 그는 아이들의 그런 태도를 용납하지 못했다. 아이들에게 일어나라고 끊임없이 소리쳤으며, 그 고함 소리는 차라리 잠이라도 자려는 시도를 무너뜨리곤 했다. 결국 불량 학생다운 내 의협심은 그를 골탕 먹이는 게 정당한 일이라고 스스로를 합리화했다. 어느 날 난 다분히 의도적인 농담으로 그에게 일침을 가했다.

"왜 우리 학교엔 사탐 과목 선생님이 네 분이나 계시는 거죠? 선생님 혼자 일 년 안에 열 과목도 마스터하게 해 주실 수 있을 텐데 말이죠. 선생님께서는 속도 면에선 타의 추종을 불허하시니까요. 따라올 테면 따라와 봐, 메가패스!"

순간 교실은 아이들의 왁자지껄 웃음소리로 가득 찼고, 수업을 계속할 수 없는 지경에 이르렀다. 난 그의 목덜미에서 파란 핏줄이 여리게 떨리는 걸 볼 수 있었다.

그는 잠시 동안 아무 말도 하지 않았다. 그러자 아이들도 심상치 않은 분위기를 눈치채고 입을 다물었다. 그는 노기를 띠며 매우 진지한 목소리로 나에게 말했다.

"네 할아버지는 네가 열심히 공부한다고 믿고 계신다."

팅, 난 갑자기 할 말을 잃었다. 난 그 말이 어떤 의미인 줄 너무나 잘 알고 있었다. 나에겐 아버지가 없다. 내 약점을 심각하게 건드린 그에게 분노가 끓어올랐으나 내가 모든 걸 초래했다는 걸 알고 있기에 뭐라고 대꾸할 수가 없었다.

그 때 그가 다시 한 번 힘주어 강조했다.

"할아버지는 널 믿고 계신다."

갑자기 왠지 지고 싶지 않다는 생각이 들었다.

난 한 자 한 자 힘주어 말했다.

"저희 할아버지 역시 선생님이 유능하다고 믿고 계십니다."

와하하, 와하하. 교실은 다시 아이들의 하이에나 같은 웃음으로 가득 찼다. 이윽고 종이 울렸고, 나는 아이들과 함께 점심을 먹으려고 급식실로 내달았다.

밥을 먹는 동안 난 스스로가 꼭 대단한 일이라도 한 것처럼 여겨졌다.

'난 시대의 반항아. 혹시 난 천재가 아닐까!'

아이들도 어디선가 소문을 듣고 왔는지 나에게 감탄의 미소를 지어 주었고 나도 똑같이 씩 웃어 주었다. 반면, 선배들의 태도는 달랐다. 선배들은 명문고 의식이 꽤 강한 편이었다. 물론 그 중엔 공부를 안 하고 뺀질거리며 나와 같은 길을 가는 부류도 있었다. 그러나 그건 중요한 게 아니었다. 그들에게 의미 있는 건 명문고에 소속되어 있다는 사실 자체였다. 그들은 내가 학교의 명예를 더럽히고 다닌다고 생각했다. 그래서인지 시비조로 말을 거는 녀석들이 종종 있었다.

"인간은 사회적 동물이라고, 이 새끼야! 너 윤리 선택 안 했냐?"

'쳇! 또 그 소리군. 넌 윤리 시간에 일 단원밖에 안 배웠냐?'

개중엔 나에 대한 관심을 가지고 설득조로 말하는 부류도 있었다.

"사람이 제멋대로 살 수 있니, 어디? 다들 어쩔 수 없이 따라가는 거야."

그럼 난 이렇게 생각했다.

'우리나라 사람들은 상식이 지켜지지 않는 사회를 현실로 받아들이는 데 능하죠. 반면에 독자적인 길을 가는 사람들한 텐 무례하다고 말하고요. 그런 안일한 생각, 어쩔 수 없으니까, 좋은 게 좋은 거다 하는, 그런 무기력한 생각 때문에 수많은 아이들의 가능성이 짓밟히는 거 안 보이세요? 전 더 이상 학교에서 배울 게 없습니다. 이제 수능도 얼마 안 남았는데 선배 일에나 집중하시죠.'

그랬다. 난 건방졌다. 하지만 건방질 수밖에 없었다. 나도 처음부터 건방진 건 아니었다. 괴리감이 나를 짓눌렀고, 순응하며 사는 게 내 신념을 배반하는 일이라고 생각했다. 나 같은 사람이 하나라도 이 학교에 있어야, 나중에 누군가가 똑같은 생각을 할 때 외롭지 않을 거라고 믿었다. 도대체 얼마나 많은 뛰어난 아이들이 획일화된 교육 안에서 꽃을 못 피우고 죽어가는가? 누군가는 나에게 세월은 빠르다, 고등학교 삼 년은 금방이다, 조금만 참아라, 하고 말한다. 하지만 그 삼 년이 어떤 삼 년인가? 가치관이 형성되는, 감수성이 가장 예민한, 세상에 대한 폭풍 같은 갈등 속에서 새로운 시각이 창의적으로 형성되는 때가 아닌가? 난 현실에 적응하라는 사람들을 용서할 수가 없었다. 그러기에 늘 분노했으며, 그럼에도 불구하고 아무것도 할 수 없다는 사실에 괴로워했다.

수요일 7, 8교시는 면학실에서 공부하기로 되어 있었다. 하지만 난 농구공을 들고 화사한 오후 햇살을 받으며 슛을 던지고 있었다. 사감 선생님 눈치를 보고 밖으로 나온 아이들 몇몇

이 합류했다. 그 중 한 명은 나와 절친한 친구였다. 녀석은 중국어과 일등으로 선생님들이 매우 좋아하는 모범생이었다. 호리호리한 체격에 얼굴이 희었으며 눈빛이 초롱초롱해 귀족적인 인상을 주었다. 최고의 모범생과 불치의 불량 학생이 친하다는 게 이상하게 들리겠지만 우린 정말 각별한 사이였다. 서로 모든 고민을 털어놓았으며, 같이 한 여자애를 좋아하면서도 싸운 적이 없었다.

"범생님, 여긴 무슨 일이신가?"

난 싱긋 웃으며 인사했다.

"외로운 불량 학생께 인생 좀 배우러 왔다."

녀석과 나의 대화엔 늘 웃음이 깃들어 있었다. 사실 녀석은 나에 대해 매우 아쉬워했다. 녀석은 내가 몇 달 전만 해도 우리 과 일등이었다는 걸 기억해 주었다. 물론 그런 건 더 이상 아무런 의미도 없었다. 하지만 왠지 그 친구가 고마웠다. 녀석은 내가 멍청해서, 게을러서 오늘에 이른 게 아니란 걸 믿어 주었다. 누군가가 당신의 진정한 의도를 알아준다면 그 사람에겐 최선을 다해야 한다. 그 사람이야말로 진정한 친구니까.

난 녀석과 일대일 게임을 시작했다. 녀석의 드리블이 나보다 빠른 대신 난 키가 좀 더 컸다. 난 이 점을 이용해 최대한 레이업슛을 많이 성공시켰다. 그러나 점수는 내가 생각한 것보다 훨씬 더 많은 차이가 났다. 평소엔 비등비등한 게임을 했으며 한 골 넣는 게 힘들 때도 있었다. 녀석이 지친 목소리로 말

60

했다.

"그만 하자."

"너, 몸이 좀 안 좋은가 보다."

"응, 나 폐에 구멍 나서 얼마 전에 수술했잖아."

"너, 이 자식! 아직 다 안 나은 거야? 그럼 좀 쉬어라. 왜 그렇게 열심이냐?"

녀석은 힘겹게 숨을 몰아쉬었다. 통증이 생각보다 심한 모양이었다.

"쉴 수가 없어."

"이 자식, 이래서 안 된다니까. 그렇게 한국식 공부에 매달릴 필요 없어. 네 머리를 썩히는 짓일 뿐이야."

"알아, 나도 알아. 나도 가끔은 너처럼 이 망할 놈의 학교를 때려치우고 싶다고. 하지만 우리 집은 가난하거든. 그나마 공부한 놈이 나밖에 없거든."

"난 정말 현실주의자들이 싫다니까."

나도 웃었고, 녀석도 웃었다.

어느덧 여름이 되었다. 학교에선 재정 문제로 에어컨을 7월 이후에 가동한다고 발표했고, 우린 할 수 없이 6월을 땀에 젖어 보내야 했다. 창을 열어도 시원한 바람이 들어오지 않아 체육이라도 한 날이면 온 교실이 열기로 후끈댔다. 학생들은 짜증을 내기 시작했고, 자율 학습 시간이면 조는 일이 다반사였다. 시원한 곳은 단 한 곳, 교무실이었는데 그 이유는 선생님들이 쾌적한 환경에서 수업 준비를 해야 되기 때문이었다.

'우리 가족이 낸 세금이 너희들 땀을 닦는 데 사용되는군!'

난 상당히 비도덕적인 생각을 하며 학교를 다녔다. 그러던 어느 날 점심시간이었다. 친구들과 나는 여느 때처럼 종 치는 소리와 동시에 후다닥 식당으로 달려갔다. 자리에선 아이들이 어떤 일에 대해 흥미롭다는 듯 이야기하고 있었다. 난 무슨 이야기를 하는지 궁금하긴 했지만, 급식실도 덥기는 마찬가지여서 밥을 빨리 먹고 나가고 싶은 생각이 앞섰다. 그런데 갑자기 '미스터 아르'라는 이름이 나오자 내 몸이 자연스레 이야기 소리가 들리는 곳으로 향했다.

"오늘 미스터 아르, 수업 시간에 거의 쓰러질 지경이었어."

"담배를 너무 많이 피운 탓이야."

"꼭 담배 때문은 아닌 것 같은데, 한 글자 한 글자 쓰는 게 힘들어 보였어."

'드디어 은퇴할 때가 왔군, 흐흐.'

난 이야기에 끼어들었다.

"뭐 대단한 일이라고 그러니. 수업 시간에 쓰러진 것도 아니잖아. 그냥 노환일 뿐이잖아, 치! 흡연에 찌든 폐활량이 랩의 속도를 못 쫓아가서 기계가 고장 난 것뿐이라고."

이번만큼은 아이들도 웃지 않았다.

"아냐, 수업 끝나자마자 응급실에 실려 가셨는걸."

"응급실? 쳇!"

난 도망치듯이 급식실의 더위 속에서 빠져나왔다.

다음 날도 미스터 아르는 보이지 않았다. 법과사회 수업은 담임선생님 수업인 윤리 시간으로 변경되었다.

'법이 정말 사망했군, 키키.'

난 여전히 미스터 아르의 부재를 비웃었다.

그리고 삼일 후, 아이들 중 한 명이 들뜬 목소리로 말했다.

"미스터 아르가 돌아왔다."

"설마 법을 두 번 죽이는 건 아니지?"

"맞아."

그리고 곧 시간표가 바뀌었다. 윤리 선생님이 법과사회 수업을 채웠기 때문에 오늘은 법과사회가 두 시간이 된다는 소식이었다.

'빌어먹을!'

그는 수업 시간이 되자 무사태평한 듯 들어와 교탁 위에 책을 올려놓았고, 자신에게 있었던 일에 대한 한마디 설명도 없이 수업을 시작했다.

"자, 교과서 ○○페이지."

그러나 역시 그도 인간이었다. 그는 수업 시간 중간 중간 말을 멈춘 채 돌하르방처럼 창밖을 바라보다가 수업을 이어 나갔다. 이마엔 땀이 송골송골 맺히기 시작했고 힘없어 보이는 손에선 하얀 분필이 계속 떨어져 나갔다. 그는 얼굴이 빨갛게 상기된 채 오늘은 자율 학습을 하자고 했다. 그리고 나선 교실

모퉁이에 있는 컴퓨터 의자에 앉았다. 그의 몸이 떨리는 게 보였다. 이 모든 걸 지켜보는 것은 예상 밖으로 괴로운 일이었다.

'왜 이렇게 약한 모습을 보여서 동정심을 불러일으키는 거야?'

얼마 후 종이 울리고, 청소 시간이 되었다. 그는 힘겹게 몸을 이끌며 교실을 나갔다. 난 교무실 앞 복도 청소 당번이기 때문에 그의 뒤를 따라갔다. 계단 앞에 이르자 그는 멈춰 서서 온 신경을 다해 난간을 잡았다. 그리고 천천히 몸을 움직였다. 그는 한 발짝 한 발짝씩 조심하며 나아갔다. 난 그를 앞지르기 위해 발걸음을 빨리했다. 하지만 그의 등 뒤로 다가선 순간 그럴 수가 없었다. 왠지 그를 앞지르는 게 비인간적인 행동으로 여겨졌다. 하지만 그를 도와 계단을 내려갈 수도 없었다. 그렇게 행동하는 게 너무나 어색하게 느껴졌기 때문이다. 난 결국 그가 계단을 완전히 다 내려갈 때까지 그 초라한 뒷모습을 바라봤다.

'선생님, 정말 아프시군요.'

그 후 그 광경은 내 뇌리 속에서 떠나지 않았다. 잘 때도 밥을 먹을 때도 세수를 할 때도 항상 머릿속에서 맴돌고 또 맴돌았다.

'왜 하필 그런 모습을 보고 만 걸까, 젠장!'

그러나 이 모든 건 곧 기억 속에서 사라졌고, 난 다시 낯을 잔뜩 찌푸린 채 학교를 다니며 지루한 시간을 견뎌 냈다. 그리고 드디어 대형 사고를 쳤다.

그 날은 중간고사였다. 첫 번째 시험은 담임선생님 과목인 윤리 시험이었다. 물론 내가 아는 게 있을 리 만무했다. 난 주관식 답란에 내 이름을 여섯 번 적었다. 허무한 기분 때문인지 곧 졸음이 몰려왔고, 난 시험 시작 오 분 만에 책상 위로 쓰러졌다. 그런데 누군가 내 책상을 사인펜으로 두드렸다. 고개를 들어 보니 나보고 자기 수업 시간에 나가 있으라고 한 노처녀 선생님이었다.

그녀는 내 답안지를 보더니 화장으로 가린 이마의 주름을 하나하나 다 찌푸렸다. 결국 난 잠을 잘 수 없었고, 시험이 끝날 때까지 멍하게 발밑만 보고 있었다. 드디어 종이 울렸다.

아이들은 또 이것도 틀렸어, 저것도 틀렸어, 하며 질질 짜기 시작했다.

'쳇, 잘하지도 못하는 놈들이 또 시작이군. 하긴 내가 할 말이 있나. 난 이제 꼴등을 할 텐데. ○○의 화려한 추락.'

이런 생각을 하니 갑자기 한없이 우울해졌다. 앞으로 남은 시험 기간은 삼 일. 삼 일 동안 이런 똥 씹은 기분으로 있어야 하는 건가? 어차피 꼴찌를 할 시험을 위해서? 그럴 순 없다. 그래 나가자, 밖으로. 학교를 탈출하자. 나는 재빨리 앞으로의 계획을 세웠다. 먼저 가장 친한 친구 두 놈의 핸드폰 번호를 수첩에 적었다. 주머니엔 만 원이 있었다. 잠은 어디서 잘까? 좋아! 나와 친했던 작년 원어민 선생이 근처에서 산다고 했지.

그는 한국인이 아니니까 나를 이해할 수 있을 거야. 정말 나의 문제아적 재능은 타고난 것 같았다. 난 반장에게 오엠아르(OMR) 펜이 떨어졌다고 거짓말을 한 뒤 신발을 신고 교정으로 나왔다. 학교 주사가 삽을 든 채 돌아다니고 있었다. 그가 나를 볼 수 없는 곳까지 갔을 땐 이미 시작종이 울린 뒤였다.

'그래, 가는 거야!'

난 초고속으로 학교 체육관 뒷담으로 가서 철조망을 넘었다. 비가 온 뒤여서 학교 주변 공터에는 빗물이 작은 웅덩이를 이루고 있었다. 그러나 그런 걸 신경 쓸 겨를이 없었다. 내 신발과 교복 바지엔 온통 진흙이 묻었다. 난 고양이를 피하려는 들쥐처럼 공터로 내달았다. 드디어 학교에서 이십 미터쯤 떨어졌을 때 난 외쳤다.

"자유다! 자유다! 해방이다!"

난 선생님들이 나를 찾아올 수 없는 교외로 걷고 또 걸었다. 곧 눈앞에 영산강이 나타났다.

'아, 저 영산강 물방울이 되어 흐를 수 있다면!'

정말 살 것 같았다. 막혔던 숨이 트이는 것 같았다. 난 푸른 풀로 뒤덮인 강둑 위를 노래를 부르며 걸었다.

"난 책을 접어 놓으며 창문을 열어. 흐린 가을 하늘에 편지를 써. 난 잊혀져 간 꿈들을 다시 만나고파. 흐린 가을 하늘에 편지를 써. 우워워."

지금은 여름이지만 그런 건 상관없었다. 난 자유니까, 모든 걸 초월했으니까.

꽤 오래 걸어 버스 정류장에 도착한 나는 원어민 선생님에게 전화를 걸었다. 그는 근무 중이었다.

"Cathy, It's sorry for you to call now. but there is an emergency."

(캐시, 이 시간에 전화해서 미안해요. 그런데 급한 일이 있어요.)

"Oh! my lovely, That's Okay. What happened to you?"

(어머! 괜찮아. 무슨 일이야?)

"I'm out of my school."

(나 학교에서 나왔어요.)

"You mean you got the ax?"

(설마 퇴학 당했다는 소리니?)

"No, you are wrong. I went out during the test."

(아뇨, 그게 아니라, 시험 보다가 나왔어요.)

"Oh, my god!"

갑자기 미국인 특유의 과장된 비명 소리가 들렸다.

"I'll talk you later. Anyway, would you do me a favor?"

(나중에 이야기할게요. 아무튼 날 좀 도와줄 수 있어요?)

"Yes, What?"

(그래, 뭐야?)

"Please, accommodate me in your house. I know It's

difficult. You can do it?"

(부탁인데 나 하룻밤만 재워 줘요. 어려운 부탁인 건 알아
요. 가능할까요?)

"Oh, my god!"

그녀는 오 마이 갓을 한 열 번은 외쳤다.

"There is no way but to call you. You can do it?"

(당신한테 전화하는 수밖엔 없었어요. 재워 줄 수 있어요?)

"That can make me quit my job."

(그러다 나 직장에서 잘릴 수도 있어.)

"Really? Okay, I'll find another way."

(정말요? 알았어요. 다른 방법을 찾아보죠.)

"No, You can sleep in my house."

(아니야, 우리 집에 와서 자.)

"Oh, thank you. thank you."

(고마워요. 정말 고마워요.)

"But Keep secret."

(하지만 비밀을 지켜야 해.)

"Of course. Then meet in front of your house."

(물론이죠. 집 앞에서 만나요.)

"Bye."

(안녕.)

"Bye."

(안녕.)

그녀의 집은 꽤 넓었다. 난 그녀가 나를 몰래 자기 집에 재워 주는 것보단 그녀에게 내가 남자로 비치는 게 더 심각한 문제라는 걸 알아차렸다. 난 왜 학교를 나오게 됐는지 차근차근 설명했다. 그리고 이젠 두 번 다시 학교에 가지 않을 것이며, 전화로 어머니, 할아버지와 자퇴에 대해서 협상을 할 것이라고 말했다. 그녀는 다시 한 번 비밀을 지킬 것을 철저히 당부했다. 그러곤 끝이었다. 그녀는 그 날 저녁 나에게 스테이크를 해 주었다.

"Americans eat like this."

(미국에선 이렇게들 먹어.)

그녀는 나를 무척 배려했다. 사이다를 냉장고에 넣어 두지 않았다며 혼자 나가 차가운 사이다를 사다 줄 정도였다. 난 틈틈이 친구들에게 연락해 상황이 어떤지 물어봤다. 학교는 예상대로 발칵 뒤집어져 있었다.

"야, 그래도 애들이 너보고 매너 있다더라. 담임선생님 시험은 보고 갔다고."

"빙고!"

지구는 반대편으로 돌아가고 있었지만 난 웃고 있었다.

나와 캐시는 저녁을 먹고 디브이디 영화를 봤다. 캐시는 나에게 디브이디로 영어 공부 하는 법을 가르쳐 주려고 했다.

"Are you kidding?"

(지금 장난해요?)

결국 그녀는 그 계획을 접었다. 지금 생각해 보니까 그녀 기분을 맞춰 주기 위해서라도 그녀를 따랐어야만 했다.

대신 그녀는 나에게 대담한 질문을 던졌다.

"Do you want to smoke?"

(담배 피울래?)

"Maybe, you think I can't smoke. but I love smoking."

(내가 담배 못 피울 거라고 생각하나 보죠. 나 담배 아주 좋아해요.)

"No, I didn't. Anyway, I can give it for you because we're friends."

(아니야, 그렇지 않아. 내가 너한테 담배를 주는 건 우리가 친구라서야.)

아무리 생각해도 그녀는 정말 멋진 여자였다. 난 담배를 받아 피웠다. 꼭 박하 향 같은 냄새가 났고 난 이내 니코틴의 황홀함에 취해 잠들었다. 다음 날, 그녀 집에서 아침을 먹고 아무 계획도 없이 밖으로 나섰다. 하루 더 있기가 미안했기 때문이다.

"Thank you. I will never forget. Don't worry, I'll amazingly succeed."

(고마워요. 절대 잊지 않을게요. 걱정 마요, 나 엄청나게 성공할게요.)

"I bet."

(그럴 거라 믿어.)

한여름이어서 그런지 벌써부터 햇살이 따가웠다. 엠피스리를 꺼내려고 주머니 속을 뒤졌더니 캐시가 숨겨 놓은 오만 원이 있었다.

'고마워요, 캐시. 정말 이 은혜 평생 잊지 않겠어요.'

자식 이기는 부모는 없다더니, 난 자퇴서에 어머니의 서명을 받는 데 성공했다. 친구들은 내가 떠나는 게 너무 허무하게 느껴졌는지 인사라도 하고 가랬다. 난 면학실로 들어가 친했던 놈들의 어깨를 어루만져 주면서 똑같은 말을 어학기처럼 반복했다.

"꼭, 서울대 가라. 안 가면 패 줄 테니까!"

다음 날, 집안에선 한바탕 난리가 벌어졌다. 할아버지가 내가 학교에 돌아갈 때까지 단식을 하겠다고 선언한 것이다.

'이거 정말 미치겠군.'

난 할아버지에게 전화를 해서 상황을 말씀 드렸다.

"할아버지, 이미 자퇴 처리를 해 버린걸요. 걱정 마세요. 검정고시를 보면 되잖아요."

"이런, 고얀 놈! 니가 나 쓰러지는 꼴을 보고 싶은 게구나. 이런 막돼먹은 놈!"

일은 점점 커져만 갔다. 광주에서 삼촌이 찾아왔고, 순천에서 고모가 왔으며, 마침내 할머니가 찾아왔다.

"너 때문에 할아버지 돌아가시겠다."

무엇보다도 견디기 힘든 건 어머니가 울며 매달리기 시작했다는 것이다.

"제발 학교 가서 자퇴한 지 이틀밖에 안 됐으니까 취소해 달라고 빌어, 응. 엄마랑 가서 빌자. 나 좀 살려 주라, 이놈아, 이놈아!"

'이런, 이런, 이런!'

어쩔 수 없이 난 짐을 다시 챙겨 학교로 향했다. 이건 정말 울며 겨자 먹기였다.

'사나이 자존심 다 구겨지는구나.'

교장 선생님과 교감 선생님의 태도는 단호했다.

"요즘은 전산 처리가 빨라서 이미 모든 게 다 끝났어요. 절대 소용없어요. 돌아가십쇼."

그러나 어머니는 포기하지 않았다.

"제발 선처를 베풀어 주세요. 우리 아들이 원래 이런 애가 아니었어요. 남편이 죽고 충격이 컸던 것 같아요."

난 어머니를 교장실 밖으로 끌어냈다.

"어머니, 정말 간곡히 말하는데 그런 구차한 모습 보이실 필요 없어요."

"닥쳐, 이 새끼야! 이 개놈 새끼야!"

어머니는 이미 감정을 조절할 능력을 상실한 뒤였다. 학교에서 어머니랑 싸우고 싶지 않았다. 난 어머니를 놔두기로 했다. 그리고 몇 시간 뒤 모성애는 제도의 힘을 이기고 말았다.

담임선생님은 나를 수업 중인 반으로 데리고 간 뒤, 아이들에게 말했다.

"여기 전학생 한 명이 새로 왔다. 앞으로 친하게 지내라."

난 며칠 동안 침묵으로 일관했다. 물론 이유는 부끄러웠기 때문이다.

'다들 나를 비웃고 있겠지. 오는 게 아니었어. 지금이라도 다시 나갈까. 아냐, 그건 아냐. 젠장, 젠장!'

난 학교 도서관에서 책을 잔뜩 대출해 수업 시간에 읽었다.

이미 선생님들은 나를 단념한 듯, 아무런 제재도 가하지 않았다. 그러나 법과사회 선생님만큼은 예외였다.

"○○군, 학교에 다시 돌아온 건 앞으로 열심히 하겠다는 뜻 아닌가!"

"네, 죄송합니다."

평소 같으면 고분고분하지 않았을 테지만, 난 순순히 책을 덮고 교과서를 폈다. 법과사회 선생님은 내 고분고분한 태도에 약간 당황한 것 같았다.

"쉬는 시간에 나한테 와라."

"네?"

"끝나고 오라고."

"네."

미스터 아르의 자리는 예상과 다르게 매우 정갈했다.

"학교는 다닐 만하냐?"

'지금 나하고 장난치자는 건가.'

"네, 그럭저럭요."

"그럼 앞으로 어떡할 계획인가?"

"저도 모르겠습니다."

"이번 시험은 안 봤으니 할 말 없지만 저번까지는 일등을 했더군."

"네."

"그리고 모의고사 대학 지망란에 공주사대라고 적어 놓았더군."

순간 난 움찔했다. 그렇다. 기억이 난다. 난 분명 모의고사 대학 지망란에 사대라고 적었다.

거기엔 이유가 있었다. 일단 우리 가족은 내가 안정적인 직장을 가진 사회인이 되기를 희망했다. 그리고 선생님이라는 직업은 그들이 생각하는 요구 조건을 충족시켰다. 특히 할아버지는 나한테 틈만 나면 공주사대에 들어갈 수 있냐고 물었다. 그래서 난 적었다. 아무 생각 없이 '공주사대'라고.

'이제 와서 그런 걸로 빌미를 잡히는 건가?'

그러나 선생님은 더 이상 거기에 대해선 묻지 않고 화제를 돌렸다.

"가끔, 세상을 살다 보면 정말 하기 싫은 일을 해야 할 때가 있다. 특히 내가 그랬다. 무엇보다도 난 정말 선생님이 하기 싫

74

었다. 물론 처음 자리가 났을 땐 기뻤지. 하지만 난 곧 깨달았다, 내가 능력이 없는 선생님이라는 걸. 학생들 모두가 나를 세금이나 축내는 놈으로 본다는 걸."

난 그의 눈을 바라보았다. 그는 진지했다.

"내가 하루하루를 얼마나 죄책감 속에서 사는지 아니? 난 정말 지금이라도 이 일을 그만두고 싶단다. 하지만 그럴 수도 없는걸. 그렇기에 한단다, 이 말도 안 되는 짓을."

그의 늙은 목소리엔 애처로움이 묻어났다. 난 계속 고개를 숙인 채로 가만히 있었고, 선생님은 말을 이어 나갔다.

"네가 예전에 나한테 반항한 적 있었지. 다른 선생님 같으면 네 녀석 뺨을 한 대 갈겼을 수도 있다. 하지만 난 그럴 수 없었다. 내 잘못이니까. 내가 못나서 그런 거니까. 세상은 그런 것 같다. 정말 죽도록 하기 싫어도 할 수밖에 없는 거. 그러면서 살아가는 거. 그 괴로운 와중에서도 나름대로 보람과 행복을 찾는 거. 그런 곳이 세상인 것 같다. 난, 아직 네가 공부에 가능성이 있다고 본다. 눈 딱 감고 일 년만 학교에서 버텨 주면 안 되겠냐?"

"……."

난 대답하지 않았다.

"그래, 나중에 좀 더 생각해 봐라."

그 날 밤, 난 중국어과의 모범생 친구를 찾아갔다. 다른 아이들은 다 잘 채비를 마쳤는데, 그 녀석만 수학 문제집을 풀고 있었다.

'기억난다, 예전엔 저놈이랑 나랑 기숙사에서 같이 스터디 그룹을 만들어 공부했는데. 그 땐 정말 재미있었지. 보람도 있었고.'

"무슨 일이냐?"

"그냥, 얘기 좀 하자고."

"네가 올 줄 알고 있었다."

"쳇!"

"요즘 학교는 잘 다니냐?"

"쪽 팔려 죽겠다."

"이왕 온 거 시간을 헛되이 보내지 마라."

녀석과 대충 인사를 마친 뒤 이야기를 꺼냈다. 난 단도직입적으로 말했다.

"나, 요즘 처음으로 내가 인생을 막살았단 생각이 든다."

"꼭 그런 건 아니야. 그 모든 게 소중한 경험이 될 테니까. 사실 난, 어떻게 네가 그렇게 짧은 순간에 나갈 결심을 했는지 신기할 정도야."

"아니야, 그런 게 아니야. 아무리 생각해도 내가 인생을 너무 막사는 것 같아."

"아냐, 넌 과도기에 아주 중요한 걸 깨달았을 뿐이야."

"자식, 말은 잘한다. 난 정말 네가 존경스러우면서도 궁금하다. 넌 어떻게 이런 돼먹지 않은 삶에 순응할 수 있는 거냐."

"나도 잘 알고 있다고. 나도 정말 학교 다니기 싫어. 정말이야. 얼마 전까지만 해도 이번 학기를 마치고 민족사관고 편입을 준비하려고 했어. 여긴 정말 별로거든. 그냥 입시를 위한 곳일 뿐이야. 하지만 그럴 순 없거든."

"왜지?"

"이미 말했잖아. 우리 집은 가난하다고."

"고작 그것 때문에 네 앞길을 스스로 포기하겠다는 거야?"

"물론 그게 가장 큰 이유는 아냐. 난 스스로 이 길을 선택한 거야. 잘 들어 봐. 자신만의 길을 간답시고 남에게 상처를 주는 건 옳지 않아. 그건 이기적인 짓이야. 가려면 남한테 상처 주지 않고 가야지."

"남한테 상처 주면서 가면 안 된다라."

"정말이야. 그래, 넌 정말 잘났어. 진심이야. 농담하는 게 아니라고. 그런데 생각해 봐. 너 그렇게 살아서 나중에 어쩌려고 그러는 거야? 누굴 위해서 그렇게 사는 건데? 너 자신을 위해서? 그건 비극이야. 그래, 니 눈에는 아마 현실에 적응하며 사는 세상 사람들이 너무나 바보 같고 작아 보이겠지. 하지만 그게 아니야. 그들도 현실의 부조리를 잘 알고 있어. 진짜 위대한 인간은 그런 사람들과 막걸리를 마실 줄 아는 인간이야."

"무슨 소리지? 내가 그 사람들과 막걸리를 마신다고?"

"그렇지, 막걸리를 마시는 건 인간적 공감이야. 그 사람들의 부족함을 따스하게 어루만져 주고 한스러운 이야기를 들어 주

며 같이 흥겨운 가락에 맞춰서 나아가는 거야. 같이 막걸리를
마시면서 말야."

"멋지군. 그럴듯해."

녀석과 이야기하고 나니 가슴이 따뜻해졌다.

'그래, 언젠간 그 사람들과 막걸리를 마실 수 있는 사람이
되어야겠지.'

그 뒤로 난 학교에서 선생님들을 대할 때 늘 이 한 가지를
명심하기로 했다.

'인도주의적이지 못한 시각은 나와 남들 사이에 벽을 쌓는
다.'

그런 노력의 하나로 난 수업 시간에 선생님들이 옳지 못한
태도를 보인다고 여겨질 때면 늘 그도, 그녀도 인간이라는 걸
먼저 떠올리려 했다. 처음엔 반항적 감정이 앞서 힘들었지만
시간이 지나니 다르게 보이기 시작했다.

그들이 화내는 모습이, 슬퍼하는 모습이, 흥분하는 모습이
"나는 사람이다, 나도 상처 받는 사람이다." 하고 외치는 것만
같았다.

'내가 어떤 우월한 논리를 앞세운들, 이들의 삶 한 자락 이
해하지 못한다면 무슨 의미가 있겠는가!'

이 때 홍세화의 『나는 빠리의 택시 운전사』와 그가 옮긴 『왜
똘레랑스인가』를 읽었는데, 그것은 내 시도에 상당한 자극이
되어 주었다.

난 홍세화를 통해서 과거의 한국인들이 어떤 가치관 속에서 살아왔는지 배울 수 있었다. 책을 통해서 본 전 세대들의 삶은 증오의 한가운데에 있었으며, 그들의 이데올로기는 위선적 자유주의였다. 반공, 간첩 신고, 빨갱이, 민족 대단결, 가난과 경제발전······.

난 어쩌면 그들이 피폐한 시대의 피해자일 수도 있다고 생각했다. 그들에겐 오늘날보다도 훨씬 적은 자유만 주어졌다. 그들은 압제 속에서 신음했으며, 그들의 신념은 권력에 의해 짓밟혀야 했다. 오늘날까지 살아오는 것만으로도 세상은 그들에게 너무나 많은 피의 희생을 요구했다. 만약 나를 시대의 욕구를 표출하는 신세대라고 한다면 그들은 상실의 시대에 익숙한 구세대였다.

양자 사이에는 얼음처럼 차갑고 단단한 벽이 있었다. 양자는 그 벽을 깰 연장을 필요로 했다. 그것은 바로 인도주의를 밑바탕에 둔 똘레랑스와 서로를 이해하기 위한 노력이었다.

결국 난 내 뜻을 달성했다. 난 드디어 할아버지마저 이기고 이번 학기를 마친 뒤 자퇴하기로 결정했다. 앞으로 학교를 다녀야 할 기간은 두 달. 그러나 더 이상 학교에 다니는 게 지루하지만은 않다. 이 시간을 서로에 대한 이해와 더 나은 교육을 위한 대안을 고민하는 데 보낼 계획이기 때문이다. 물론 학생인 내가 할 수 있는 건 아무것도 없다. 하지만 괜찮다. 나에겐 미래가 있기 때문이다. 언젠간 내가 모든 불리한 조건을 딛고

사회의 리더가 되었을 땐, 세상을 바꿀 힘이 내게 있을 거라고,
꼭 그렇게 될 거라고 굳게 믿기 때문이다.

그럼, 미래를 기약하며 불량 학생에게서 온 편지 끝.

_ 제2회 문화관광부 장관상(2006년)

펜끝의자유(차건) :: 많은 이가 진실로 아프고 거짓으로 신음하는 세상입니다. 전 제 수필
들을 소설이라 하겠습니다. 그것들이 수필이라면 쓰여진 거짓으로만 남게 될 테니까요.
'펜끝의자유'는 펜으로부터의 자유더군요. 투명한 눈물로 내가 쓰이겠습니다.

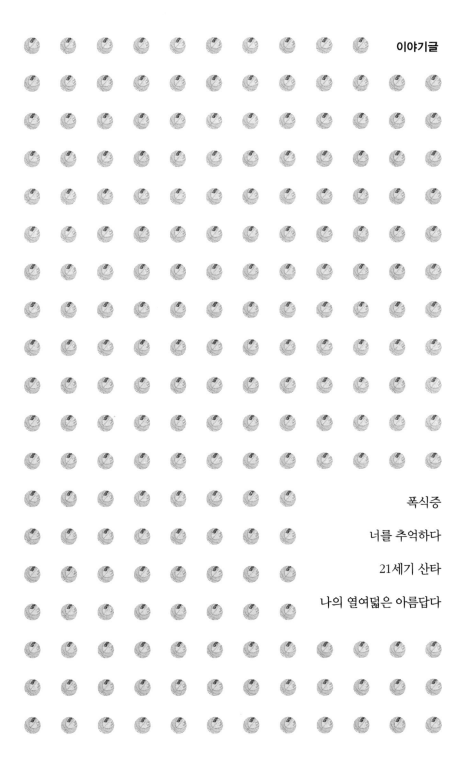

이야기글

폭식증

허공

"최근 살이 많이 찌셨습니다."

독설을 서슴지 않는 것으로 소문이 파다하게 난 최 과장이 단도직입적으로 서두를 꺼내 놓았다. 최 과장의 손에서 볼펜이 바쁘게 움직였다. 나는 죄라도 지은 것처럼 움츠러든 목소리로 대답했다.

"아, 네."

"폭식증이라고 들었는데?"

나는 침착함을 가장하려고 애쓰며 대답했다.

"아, 네."

최 과장의 손은 여전히 볼펜을 뱅글뱅글 돌리고 있었다. 그는 볼펜에만 써도 모자랄 신경을 굳이 나에게 분산시키며 말을 이었다.

"아니, 내가 딴 게 아니고 미선 씨 건강이 걱정되어 그렇지. 뭐, 터놓고 말하면 아줌마들은 고용할 만큼 했으니까, 아가씨다운 사원도 좀 있어야 하지 않겠어? 미선 씨를 왜 뽑았는데? 실적 좋은 사람들 다 제치고. 총각 손님 좀 잡아 보겠다고 한 거 아니겠어? 그런데 살이 올라 버리면 곤란하지. 아니, 내가 요즘 미선 씨 실적이라도 좋으면 말을 안 할 텐데……. 미선 씨가 잘 알아서 해 봐. 요즘 정신과에서 폭식증도 고쳐 준다던데."

알아들었냐며 다시 확인하고 드는 최 과장의 말소리에, 나는 지금껏 의무적으로 내뱉어 오던 "아, 네." 하는 대답조차도 하지 못한 채 말문이 막혀 버렸다. 최 과장은 만족스러운 웃음을 흘리며 "그만 가 봐." 했다.

나는 곧바로 화장실로 향했다. 급하게 문을 걸어 잠그고 주머니에 넣어 온 크래커를 뜯어 입속에 넣기 시작했다. 속이 허했다. 무언가 채워 넣지 않으면 그대로 몸이 허물어져 버릴 것 같았다. 나는 입속에 든 크래커를 제대로 씹지도 않고 꾸역꾸역 삼켰다. 먹는다기보다는 입속으로 밀어 넣는 형국이었다. 과자를 전부 삼킨 다음에야 최 과장의 말이 슬금슬금 떠올랐다. 현준의 일도 떠올랐다. 먹고 나서야 그 모든 일이 생각나기 시작하는 것이다. 요즘 내가 먹는 모든 음식에 각성제가 든 게 분명하다는 생각을 하면서, 먹은 것을 그대로 토해 냈다. 최근 들어 늘 이런 식이다.

현준이 떠난 뒤, 나는 비정상적으로 먹기 시작했다. 내가 의지할 수 있는 유일한 사람이 현준이었다. 그런 그가 말도 없이 훌쩍 집을 나간 것이다. 이제나저제나 그가 돌아오기만을 기다린 것이 벌써 몇 주째다. 먹은 것을 전부 게워 내고 나서야, 나는 최 과장이 충고한 대로 신경정신과에 가 보기로 마음먹었다. 그의 충고에 마음이 담겨 있다고 생각한 건 아니다. 이건 그야말로 생존의 문제였다. 회사에서 잘리면 당장 살길이 막막한 처지였다.

신경정신과에 발을 들여놓으면서, 나는 정말 내가 반쯤 미치지 않았나 생각했다. 의사가 호의적인 웃음으로 나를 맞았다. 저렇게 웃지 않으면 돈을 벌 수 없겠지. 의사의 웃음이 날카로운 이빨이 되어 나를 덮쳐 올 것만 같다. 정말로 미쳐 버릴 것 같은 기분이었다. 나는 태연한 척 마주 웃어 보이면서 폭식증인 것 같아 병원을 찾았노라고 말했다. 의사는 내 식습관에 대해 꼬치꼬치 캐물었고, 결국에는 단호한 목소리로 "폭식증이네요." 하고 쐐기를 박았다.

"스트레스를 음식으로 풀면 안 돼요. 솔직하게 말씀해 보세요. 폭식의 원인이라고 생각되는 일이 있으세요?"

"글쎄요."

나는 미간을 찌푸렸다. 무얼 솔직하게 말해야 할지 알 수 없었다. 갑자기 솔직하게 말해 보라는 의사의 터무니없는 요구에 반박할 여유조차 없었다. 나는 쫓기듯이 대답을 짜내야 했다. 하지만 아무리 생각해 봐도 적당히 둘러댈 만한 말이 없었다. 현준의 부재, 실적, 무언가 새어 나가는 소리, 최 과장, 외로움, 외로움, 외로움……

"마음을 터놓고 이야기할 사람을 만드세요."

끝끝내 나에게서 대답이 돌아오지 않자 의사가 권고했다. 말은 참 쉽죠, 대꾸하려다가 입을 다물었다. 비척비척 병원을 나섰다. 현준에게 전화를 걸고 싶었다. 현준에게 위로를 받고 싶었다. 현준이 안 된다면 누구에게든 걸고 싶었다. 하지만 전화를 받아 줄 사람이 없다.

집에는 아직 현준의 물건이 몇 가지 남아 있다. 하지만 그는 오지 않았다. 나는 냉장고 문을 열려다가 의사의 말을 떠올렸다. 최 과장의 말도 생각났다. 그럼에도 결국 냉장고에서 초콜릿을 한 봉지 꺼내고 말았다.

그는 올 것이다. 나는 아직 희망을 버리지 않았다. 그가 가고 나서야 생긴 폭식증이지만, 그의 모든 행동이 내 폭식증에서 비롯된 것만 같았다. 마음이 쓰린 데에는 초콜릿이 최고라는 근거 없는 믿음을 가지고 초콜릿을 먹기 시작했다. 먹을 때에는 아무 생각도 하지 않을 수 있지만, 먹고 나면 다시 끔찍한 생각들이 나를 짓누르곤 한다. 쉼 없이 먹을 수만 있다면 삶은 그럭저럭 괜찮지 않을까. 초콜릿이 떨어지자 다시 생각이 이어졌다. 현준은 올 것인가. 우선 폭식증을 고쳐야 했다. 나는 의사가 했던 충고를 머릿속으로 정리하기 시작했다. 음식으로 스트레스를 풀지 말고, 마음을 터놓고……, 마음을 터놓고 이야기할 대상이 있을 리 만무했다.

텅 빈 초콜릿 봉지가 금방이라도 내 식도를 틀어막으려 덤벼들 것만 같았다. 그렇게라도 아무것도 먹을 수 없게 된다면 차라리 나을지 모른다. 나는 밀려드는 자괴감에 몸을 떨었다. 숨이 막힐 것만 같다. 자꾸만 공기를 들이마시면 그만큼 몸이 부풀어 오를 것 같다. 그러면 회사에서 잘리게 될지도 모른다. 현준은 추악한 모습을 한 동물들과 나를 비교할 것이다. 나는 숨을 멈추고 싶었다.

냉장고 앞에 털썩 주저앉은 내 시야에 녹음기가 들어왔다. 현준의 녹음기였다. 문득 어렸을 적에 목소리를 녹음하고 다시 돌려 듣고 하면서, 시간을 보냈던 것이 생각났다. 말벗이 없었던 나는 그렇게 하면서 시간을 죽이곤 했다. 독립한 뒤로 깨끗이 잊고 있던 버릇이었다.

나는 아무것도 녹음되어 있지 않은 테이프를 하나 넣고 녹음 버튼을 눌렀다. 집 안에 남아 있는 공기가 녹음기 속으로 빨려 들어간다. 공기를 잔뜩 먹고도 녹음기는 살이 오르지 않았다. 나는 안도의 한숨을 내쉬며 무작정 이야기를 하기 시작했다. 기억 속에서 지워졌다고 생각했던, 까마득한 어릴 적 일이었다.

"부모님이 돌아가시고, 고모 집에서 살게 되었을 때는 정말 막막하더라. 초등학교 4학년 때였는데, 추석날이었지. 친척들이 전부 고모 집으로 왔어. 진짜 배가 고파서 한과니 뭐니 닥치는 대로 먹고 있었거든. 그런데 고모가 날 가리키면서 말하는 거야. '얘는 참 많이도 먹어.' 하고. 정말 부끄럽더라. 친척들 많은 데서…… . 그런데 진짜 내가 서운했던 게 뭔 줄 아니?"

녹음기는 대꾸하지 않았다.

"뭐였냐면, 그 많은 친척들 중에서 단 한 명도 나한테 물어 보질 않는 거였어. 난 나름대로 변명할 거리를 생각해 두고 있었거든. 어제 밥이 모자라서 조금밖에 먹지 못했다고. 그리고 은밀하게 물어 오는 사람이 있으면 살짝 덧붙여 말할 요량이었어. 고모는 밥이 모자라는 날이면 나한테는 밥을 반 공기도 주지 않는다고. 그런데 공교롭게도 고모 눈 밖에 난 날은 늘 밥이 모자란다고. 내 말 상대가 되어 주는 사람에게 특별히 귓속말로 해 줄 말도 생각하고 있었어. 사실 고모 집에서는 거의 매일 밥이 모자란다고 말이야.

그런데 아무도 나한테 관심을 가지지 않는 거야. 명절이라고 한 집에 모여서는 저마다 어찌나 그렇게 바쁜지. 난 결국 그 날 아무 말도 하지 못했어. 아무 말도. 아무도 나에게 말을 걸어 주지 않았지. 그 뒤로도 쭉. 사람들이 말을 걸 때는, 늘 그만한 목적이 있기 마련이더라. 그런 나에게 처음으로, 아무런 목적 없이 다가온 사람이 현준 씨야. 이제 알겠지, 현준 씨가 나한테 얼마나 소중한지? 너도 기도해 줄래, 같이? 현준 씨가 돌아오게 해 달라고, 응? 기도해 줘."

어느새 녹음기는 내 친절한 말 상대가 되어 있었다. 나는 하루에도 몇 시간씩 녹음기에 대고 말을 해 댔다. 사람들을 만나서 하는 말은 정해져 있기 때문에, 그 밖에 다른 말을 할 궁리를 한다는 것 자체가 사치스러운 일이었다.

안녕하세요, 반갑습니다, 좋은 상품 있어요, 한번 보세요, 확실하게 안전하답니다, 계약하시면 사은품은 유리컵 세트가 기본이고요, 미리 들어 두셔야 해요, 사고를 대비해서, 감사합니다……. 사람들 앞에서 나는 녹음테이프가 되어 했던 말을 또 하고 또 했다. 녹음테이프를 앞에 두고 있을 때 나는 그나마 사람대접을 받는 것 같았다. 직업에 대한 염증과 함께 현준에 대한 그리움이 하루에도 몇 번씩 치밀어 올랐다. 녹음기를 앞에 두고 이야기를 하는 와중에도 현준이 그리워 눈시울이 뜨거워지고는 했다. 현준에게서는 연락이 없었다. 녹음기에 의지한 뒤로 폭식증은 처음보다 많이 가라앉았다. 적어도 녹음기를 앞에 두고 이야기를 할 때만큼은 먹을 것을 찾지 않게 되었다.

호전된 상황이라고는 폭식증이 나아진 것뿐이었다. 실적은 날이 갈수록 떨어지고 있었다. 전화번호부를 닳도록 들추었지만, 그 누구도 내 실적을 올려 주지는 못했다. 워낙 인간관계가 좁았던 터라 전화번호부에 적힌 번호가 몇 안 되어서이기도 했다. 하지만 몇 년째 연락을 않던 사람에게 전화해서 무턱대고 보험 가입을 권유하는 것부터가, 내가 생각해도 어처구니 없는 일이었다. 하지만 그만큼 절실했다. 초등학교 동창인 미영에게서 오랜만에 연락이 왔을 때도 나는 순수한 반가움으로 들뜨지 못했다.

"애들한테서 네 얘기 많이 들었어, 얘!"

들떠 있는 미영의 목소리를 들으며, 나는 계약을 잡을 수 있겠다는 생각부터 했다.

"그런데 왜 지금껏 연락을 안 했어?"

"아, 그게……."

전화 속의 미영이 말꼬리를 흐렸다. 몇 년 간 보험 설계사 일을 하면서 남의 비위 맞추는 데에 능해진 나는 얼른 다른 쪽으로 화제를 돌렸다.

"그래, 요즘엔 잘 지내니?"

"그러엄, 남편이 얼마나 잘해 주는데."

"좋겠다, 근데 말이야……."

내 머릿속을 어지럽게 떠다니는 것은 '실적'이란 단어뿐이었다.

나는 평소보다 조급하게 말을 꺼냈다.

"너, 혹시 보험 들었니?"

"보험?"

되묻는 미영의 목소리가 날카롭게 올라갔다. 수화기 저쪽에서 계약 실패를 알리는 침묵이 흘렀다.

"네가 이래서 전화를 안 한 거야. 애들이 그러더라. 너 요즘 이상해졌다고. 연락만 하면 보험 얘기니까, 웬만하면 연락도 하지 말라고 그러더라. 우리야 죽마고우니까 안 그럴 줄 알고 연락했는데……. 부담스럽다. 끊어."

그런 뒤로 미영에게선 아무 연락도 없었다. 다른 때 같으면 미영을 상대로 여유롭게 계약을 잡을 수 있었을 것이다. 나는 괜히 다급하게 굴어 좋은 기회를 놓친 것을 두고두고 후회했다.

나는 결국 동네 사람들을 상대로 계약을 따 낼 마음을 먹었다. 동네 사람들이라면 아무래도 생판 모르는 다른 동네 사람들을 상대하는 것보다야 수월할 거라는 생각에서였다. 하지만 그런 내 희망은 단번에 박살이 났다.

"좋은 상품이 있는데……."

"보험 필요 없어요. 빨리 가세요. 아, 정말 끈질기네. 그 아가씨 안 그럴 줄 알았는데."

복덕방 아저씨는 대번에 인상부터 썼다. 손사래까지 쳐 가며 거절하는 통에 나는 얼굴이 화끈 달아올랐다.

하루 종일 발품을 팔았는데 한 건도 계약을 하지 못했다. 며칠째 이런 날들이 이어지고 있었다. 하지만 사람들을 무턱대고 원망할 수도 없는 일이었다. 내 방식 자체가 문제였다. 문제인 줄 알면서도 그만둘 수 없는 것은, 계약 한 건이 당장 급했기 때문이다.

나는 내 직업에 대해 염증을 느끼고 있는 터였다. 하지만 그

염증이 실적에 그대로 반영될 것이라고는 상상도 해 본 적이 없다. 그런데 실제로 실적이 형편없이 곤두박질치고 있다. 오늘 하루 창피 당했던 일을 곱씹으며, 녹음 버튼을 눌렀다.

"나 어렸을 적에는 엄마가 옛날 얘기도 많이 해 주고 그랬는데. 이런 이야기도 해 줬어. 엄마 어렸을 적에는 동네 애들이 다 친구였다고. 그런데 요즘은 동네 애들이 다 사기꾼이지. 나부터 시작해서 말이야. 언제부터 내가 이런 파렴치한 사기꾼이 됐을까? 오랜만에 연락한 친구한테 계약이나 따 내려 하고, 동네 사람들한테 무턱대고 계약을 졸라 대며 요즘 사람들 인간성이 참 더럽네, 그러고 있으니. 그런데 먹고살려고 하다 보니까, 목적 없고 거래 없는 관계를 유지하는 게 사치가 되더라. 이럴 때는 현준 씨가 너무 보고 싶다. 그냥 아무 말 없이 안아 주던 현준 씨가 너무 그리워."

실적이 떨어지고 있다. 입 안에 도넛을 집어넣으면서, 나는 빠져나갈 방도를 생각했다. 생각할 것이 늘어나면서 먹는 양도 늘어났다. 나는 사무실에 앉아 있을 때나, 심지어 길거리를 다닐 때도 쉼 없이 먹어 댔다. 동료들의 곁눈질도 눈에 들어오지 않았다. 자꾸 먹는다. "요즘 살이 좀 찌셨네요." 같은 소리를 듣고 나면 그 날은 더 먹는다. 그러고서는 게워 낸다. 아무리 먹어도 속이 텅 빈 듯한 기분은 사라지지 않는다. 속이 허하다. 먹어서 채워지는 공간과 먹어서도 채워지지 않는 공간이 애초부터 따로 나뉘어 있는 것이다. 먹어서 채워지는 공간은 가득 차서 넘쳐흐르는데, 혹여 아직 채워지지 않은 공간을 먹을 것으로 채울 수 있을까 하는 기대에 음식을 집어넣기 시작했다. 음식으로 채울 수 있는 위장은 포화 상태가 되었을 때에야 음식으로는 아무리 해도 채울 수 없는 부분을 짓누른다. 그 불편함과 거북함 때문에 잠시 허한 것을 잊을 수 있지만 임시방편일 뿐이다. 교묘하게 두 쪽으로 갈린 내 위장에 감쪽같이 속고 있는 셈이다. 아무리 먹어도 빈속은 채워지지 않는다. 텅 빈 위를, 음식이 아니면 무엇으로 채워야 하는지 나는 알 수 없다.

도넛 봉지가 금세 텅 비었다. 녹음기를 사용한 뒤로는 통 이러지 않았다. 후회가 밀려왔다. 홀쩍 떠난 현준이 떠올랐다. 최 과장의 말이 떠올랐다. 수군거리던 동료들도 떠올랐다. 심지어 사람들이 나에게 보이던 그 잔인한 괄시의 눈빛까지도 슬그머니 떠오르고 있었다.

우선은 실적을 만들어야 했다. 집 쪽으로 걸으면서, 나는 보험을 들어야 하지 않겠느냐며 아저씨와 의논하던 옆집 아주머니의 목소리를 떠올렸다. 아파트인데도 방음이 굉장히 허술해서, 옆집의 일거수일투족을 들려오는 소리로 충분히 감지해낼 수 있었다. 옆집이라고 하지만 대화 한 번 해 본 적 없는 사람인지라 거북살스러운 것도 사실이었다. 하지만 실적이 좋질 못하니 어쩔 수 없었다. 책에서 본 '100명의 유망 고객은 나중에 쓰라'는 충고도 충고였고, 평소에는 왕래도 없는 친척이나

이웃에게 돈 벌 속셈이 뻔히 보이는 모양새로 접근하는 것만
은 피해 왔던 터였다. 하지만 이제는 정말로 어쩔 수 없다.

나는 마른침을 삼키며 벨을 눌렀다.

"누구세요?"

"옆집 사는 사람이에요."

아주머니가 문을 반쯤 열고 나를 바라보았다. 엉뚱하게도
나는 그 순간, 어렸을 적 엄마가 들려주곤 했던 '늑대와 일곱
마리 아기 염소' 이야기를 떠올렸다. 엄마처럼 꾸미고 찾아온
늑대를 문에 매달려 경계의 눈초리로 쳐다보는 아기 염소. 아
주머니는 아기 염소가 되기에는 곤란하리만치 몸집이 컸고,
나도 늑대가 되어서 옆집 아주머니만 한 아기 염소를 배 속에
넣기에는 아직 터무니없이 왜소했다. 나는 용기를 내서 반쯤
열린 문에다 대고 호소하듯 말했다.

아주머니는 선뜻 나를 안으로 들여보내 주었다. 그러나 내
가 전단지를 미처 다 꺼내 놓기도 전에 교묘히 화제를 돌렸다.

"아니, 보험은 됐고……. 어유, 요즘 살이 많이 올랐네."

나는 바쁘게 움직이던 손을 딱 멈추었다.

아주머니는 다시 화제를 돌렸다.

"그 총각이랑 헤어졌나?"

나는 머릿속이 새하얘졌다. 우리 집에서 나는 소리가 옆집
에 들리지 않았을 거라는 보장이 없다. 며칠째 우리 집에서는
현준의 소리가 나지 않았다. 아주머니는 가련한 옆집 아가씨

를 위한 보험 계약에는 애초부터 관심이 없었던 것이다. 너무도 당연한 것을 잊고 있었다. 다시 꺼내 놓고 싶지 않은 내 기억이 아주머니에게는 재미있는 티브이 드라마쯤으로 여겨지는 게 틀림없다. 재방송을 원하는 듯 은근한 말투였다.

"그것도 그렇지만, 폭식증이 참 위험하다던데."

아주머니는 내 폭식증에 대해서도 알고 있었다. 더 이상 참을 수가 없었다. 쏟아 놓은 종이를 대강 챙기고는 몸을 일으켰다.

"우린 보험 들어 놓은 게 많아서⋯⋯. 미안해, 아가씨."

텅 빈 인사치레를 끝으로 문이 닫혔다. 문 닫히는 소리가 귓속을 파고들었다. 귀가 멀 것만 같았다. 나는 집으로 들어가 닥치는 대로 먹기 시작했다. 목구멍까지 차오르는 기분을 느끼면서도 계속 입 안으로 빵을 밀어 넣었다. 속은 금방이라도 뒤집어질 기세로 울렁거렸다. 그렇게 먹어 놓고도 나는 다시 초조해졌다. 최 과장의 은근한 협박이 귓가에 웅웅거렸다. 손이 부들부들 떨려왔다. 속이 요란스럽게 뒤척였다. 살이 찌면 안 된다는 생각에, 입 안 깊숙이 손가락을 넣어 먹은 것을 전부 토했다. 그러고는 미친 듯이 녹음기를 찾았다. 어디 있지, 녹음기, 어디 있지, 나는 실성한 사람처럼 중얼거렸다.

녹음기는 먼저 말을 걸어 주지 못한다. 녹음기는 먼저 찾아와 주지 못한다. 녹음기는 전화를 걸어 주지 못한다. 녹음기는⋯⋯. 빨래 더미에 파묻혀 있는 녹음기를 발견해 낸 내 손이 발작적으로 떨리고 있었다. 나는 허둥지둥 녹음 버튼을 누르고 말을 쏟아 냈다. 영업을 위한 가식이 아닌, 진실한 말이 쫓기듯 쏟아져 나왔다. 텅 빈 속으로 위액이 쏟아지듯 말이 아려 왔다.

의사는 급기야 식단표에 맞춰 먹을 것을 요구해 왔다. 하지만 나는 식단표를 전혀 따르지 않았다. 타 온 약도 제대로 먹지 않았다. 다섯 번째로 의사 앞에 앉았을 때는 정말로 아무 말도 할 수 없었다. 당장이라도 의사가 '폭식증을 고칠 맘이 있는 겁니까?' 하고 따져 물을 것만 같았다. 나는 대답하지 못할 것이다.

"스트레스는 해소하고 계세요?"

의사는 우려했던 질문과는 거리가 먼 것을 물었다. 순간 이 의사와 나란히 앉아 병원 놀이라도 하고 있는 게 아닌가 하는 기분이 들었다. '당신을 만나지만 않으면 스트레스가 훨씬 줄어들 거예요.' 하고 말하고 싶었다. 그렇게 말할 수만 있다면, 정말로 스트레스를 확실히 해소할 수 있을 것이다.

"네. 터놓고 말할 친구를 사귀었어요."

나는 거짓말을 했다. 의사가 믿지 않고 되물을 줄 알았다. '아니, 정말이요? 요즘 세상에 마음을 터놓고 말할 친구를?' 의사는 놀라서 펄쩍 뛸 것이고, 그러면 나는 대답할 것이다. '녹음기 말이에요. 정말로 입이 무거운 건 그 친구밖에 없죠.' 나는 우스갯소리를 하고 싶을 뿐이었다. 하지만 의사는 반색을 했다.

"그거 참 잘됐네요. 폭식증 해소에 도움이 될 겁니다."

도움이 될 겁니다, 도움이, 도움이. 나는 의사의 말을 자꾸만 되뇌었다. 곱씹을수록 한심한 말이 아닐 수 없었다. 나에게 도움이 되는 것은 녹음기가 아니라 현준이어야 했다. 녹음기 따위가 나에게 절실하게 도움을 주어서는 안 되었다. 그깟 녹음기……. 나는 현준의 부재에 전에 없던 짜증이 치밀어 올랐다. 집에 도착하자마자 발작적으로 전화기를 들어 번호를 눌렀다. 결번입니다. 이 번호는 결번입니다. 전화기 저편의 소리가 부르짖었다. 제발 한 번에 알아들으세요. 이 번호는 결번이라니까요. 전화기 저편의 여자가 악을 썼다. 미친년, 정말 단단히 미쳤구나. 결번이라니까. 나는 귓전에 울리는 환청에 아랑곳 않고 한 글자 한 글자 정확히 발음했다

"돌아와요, 현준 씨. 나 폭식증 고쳤어요. 이제 괜찮아요. 나 이해해요. 다시 이야기해 봐요, 우리."

나는 전화를 내려놓자마자 냉장고에 있는 것들을 닥치는 대로 꺼냈다. 음식을 전부 앞에 쏟아 놓고 나서 다시 녹음기를 작동시켰다. 음식을 입 안에 한가득 넣고 짓이겨 가는 와중에 전화벨이 울렸다. 현준일지도 몰랐다. 미안하다고 사과할 셈이겠지. 전화벨 소리가 귓전을 때렸다. 나는 전화를 받는 대신 그 빌어먹을 녹음기에 대고 이야기를 하기 시작했다.

"있잖아, 어제 전화가 왔었어. 난 현준 씨인 줄 알고 반가워

하면서 받았거든. 그런데 말이야 최 과장이 아니겠어? 최 과장이 말하더라고. 그 사기꾼이 내가 들어 둔 보험까지 해약한 걸아냐고. 그래서 난 물었지. 그 사기꾼이 누군데요? 그러니까 최 과장이 딱하다는 듯이 말하질 않겠어. 그 사람 말이야, 네 통장에 있는 돈을 전부 다 빼서 달아났다는 그 현준이라는 사람. 나는 정말 뭐라고 해야 할지, 말문이 탁 막히더라. 일주일 전에는 고모네서 전화가 왔어. 칠칠치 못하게 사기나 당하고 다닌다는 소릴 들었지. 참 나, 언제부터 날 걱정했다고. 어렸을 적 은혜에 감사한다고 매달 몇 십만 원씩 보내는 게 끊길까 봐 그게 걱정되어 전화한 거더라. 참 웃기지. 현준 씨는 그냥 잠시 바람이나 쐬러 나간 것뿐인데, 다들 야단이지. 자기들이 손해나 볼까 봐 벌벌 떨면서……."

전화벨이 저 혼자서 계속 비명을 지르고 있었다.

_ 제3회 문화관광부 장관상(2007년)

허공(오수인) :: 타인의 담벼락을 짚어 가며 더듬더듬 통로를 찾다 두드린 문이 그만 글이어서 계면쩍어진 오수인이라고 합니다. '첫눈에'라는 아름다운 단어를 등지고 '어쩌다' 글을 사랑하게 되었다고 말해야겠습니다. 다만 이 이후에는 '어쩌다'보다는 그럴듯한 단어를 고르기 위해 글과의 거리를 좁히고 싶습니다.

너를 추억하다

진명훈

훈아, 네가 나에게 배달되었던 그 크리스마스가 다시 돌아왔구나.

나는 지금 네 고향 목포로 가는 중이란다. 구겨진 편지 한 장으로밖에 남지 않은 네 짧았던 삶을, 그들에게 전해 주어야 한다는 결심 때문이다. 혹여 내가 이 편지를 훔쳐볼라치면 너는 소스라치게 놀라며 편지를 감싸 안고 바닥에 웅크린 채 수줍게 웃었지. 그런 네 옆구리를 간질이며 함께 깔깔 목청껏 웃던 예전이 그리워질 때면 나는 늘 이 편지를 펼쳐 보았다. 그런 나를 보았다면 너는 무어라고 말했을까. 아니, 무어라고 울먹였을까. 그러나 훈아, 네가 그 짧은 삶 내내 미워하고 또 그만큼 사랑했던 이들에게 쓴 편지잖니. 죽는 날까지 망설이다 끝내 부치지 못했던 너를 대신해 내가 전해 줘도 괜찮겠니? 넌 언제나 대답할 땐 말 대신 고개를 끄덕였는데, 이젠 그런 네 모습조차 볼 수가 없구나. 훈아, 난 기쁘다. 크리스마스에 온 너를 다시 크리스마스인 오늘에서야 돌려보내는구나.

1

기쁘다 구주 오셨네. 만백성 맞으라.

7년 만의 폭설이라 했던가. 서울을 떠날 때 내리던 눈은 이곳 목포에서도 여전히 만백성의 머리 위로 어지럽게 흩날리고 있다. 오늘이 크리스마스가 아니었다면 이런 폭설을 사람들이 이토록 환영했을까. 훈아, 네가 목포에서 보낸 마지막 날 밤에도 눈이 많이 내렸다지. 도로와 거리를 하얗게 덮은 눈 카펫 위를, 사람들이 행복한 웃음을 지은 채 바삐 오가고 있다. 찬 입김을 내뿜으면서도 말이다. 훈이 너는 목포를 뱃고동 소리가 아득히 들려오는 한적한 도시라고 했는데, 오늘만은 하하 호호거리는 웃음으로 가득 차 있구나.

산정동이 어디에 있는 곳일까. 나는 처음 와 보는 낯선 네 고향에 홀로 서 있다. 가져온 약도를 살펴본 후 길을 찾아 걷고 있을 때였다. 골목 귀퉁이 어딘가에서 낮은 신음이 들려왔다. 무슨 일인가 싶어 가까이 가 보니 고등학생 한 무리가 한 학생을 집단 구타하고 있었다. 골목 어귀를 지나는 이들도 간간이 있더라마는, 모두들 집에서 기다리는 식구들 생각만 나는지

100

걸음을 멈추지 않더구나. 때리는 애들이야 그렇다 치더라도 맞는 아이의 표정을 보고선 그냥 지나칠 수가 없었다. 모든 것을 포기한 얼굴. '그래, 때리려면 때려라.' 하는 무방비 상태로 쓰러진 몸뚱이. 우습게도 훈아, 너를 처음 보았을 때가 떠오르더구나.

나는 마음을 가다듬을 틈도 없이 그들에게로 다가갔다. 흥분한 녀석들은 내가 나타나든 말든 별 반응도 없이 하던 짓을 계속했다. 나는 맞는 아이 앞에 서서 그들을 바라보았다.

"아저씬 뭐예요?"

나보다 키가 한 뼘은 큰 녀석이 내게 다가오며 험상궂은 얼굴로 말하더구나. 나는 아무 말도 하지 않은 채 조용히 그들을 한 명 한 명 바라보았지. 예전의 나 같으면 이 녀석들을 '사회악', '모조리 유치장에 잡아넣어야 할 놈들'이라고만 생각했겠지. 하지만 지금의 나는 녀석들을 동정한다. 사랑 받지 못해서 스스로 사랑을 찾아 나선 어린 하이에나들이라고. 우습구나. 훈이 네가 날 이렇게 만들어 놓았다.

"아, 정말. 아저씨 그냥 가던 길 가시라고. 괜히……."

아이들 눈앞에 조용히 경찰 신분증을 들어 보였다. 아이들은 순간 표정이 굳어지더니 하나 둘 줄행랑을 치더구나. 이런 신분증 하나에 겁먹는 걸 보면 역시 아이들이긴 아이들이었어.

"지금 가면 쫓지 않을 테니까 어서들 가렴."

나는 자존심 때문에 도망가지 않고 버티는 아이에게 말했

다. 아이는 한참 동안 날 노려보더니 뒤돌아서 가더구나. 곧 그
만두리라 마음먹었던 경찰이란 직업이 쓸모 있을 때도 있구
나, 하는 생각에 씁쓸히 자조했다. 그 때 등 뒤에서 맞고 있던
그 아이가 부스럭대며 일어나더구나.

"다친 데는 없니?"

탁, 아이는 내 손을 거칠게 뿌리치더니 도망간 아이들을 따
라 달려갔다. 그 아이들의 보복이 두려웠나 보지. 나는 그 자리
에 멈추어 서서 점점 작아지는 아이의 등을 망연히 바라보았
다. 그래, 훈이 너도 내게서 저렇게 도망가고 싶었던 걸까. 너
를 놓아주지 않고 끝까지 붙잡아 두었던 게 잘못이었을까. 하
지만 훈아, 난 네가 자신을 망가뜨리는 것을 더 이상 두고 볼
수가 없었어.

2

"요 근처에선 본드로 아주 유명한 놈이에요. 가족들은 지방
에 사는데 이젠 서울 올라오는 것도 지쳤는지 아예 내났다더
라고요. 청소년 보호소 같은 데 데려다 놔도 금방 본드 때문에
쫓겨나고, 노숙까지 하면서도 본드는 절대로 안 끊네요. 독한
놈이야, 독한 놈."

눈이 많이 온다며 벤치 위에 누워 자고 있는 널 업고 온 김
순경은 그렇게 말했다. 그도 사람인지라 크리스마스 날 본드
에 취해 얼어 죽을지도 모르는 네가 불쌍했던 모양이다. 나는

그 지역으로 전임되어 온 지 몇 달 되지 않은 터라 널 잘 알지 못했다. 다만 네 몸에서 본드 냄새가 진하게 풍겨 온다는 것, 의자 위에 몸을 웅크린 채 곤히 잠든 네 얼굴이 십 대 남자 아이치고는 무척이나 야위었다는 것, 그리고 젊음에 맞지 않게 세상에 아무런 감동도 흥미도 없다는 듯 모든 것을 포기한 이의 얼굴을 하고 있다는 것……. 그래, 그게 내가 너에게서 느낀 첫인상이었다.

잠에서 깬 너는 무척이나 불안한 눈빛으로 경찰서 내부를 둘러보았다. 구석에서 조서를 꾸미는 이들의 격앙된 말싸움과 순경들의 무뚝뚝한 얼굴. 너는 시간이 지날수록 점점 숨이 막힐 듯한 표정으로 변해 갔고, 마침내 견딜 수가 없었던지 경찰서 문을 나서려고 했다. 그 때 내가 너를 불렀다. 너는 겁먹은 표정으로 나를 돌아보았지.

"너 갈 곳은 있니?"

너는 고개를 좌우로 움직였다. 그러고는 멍하니 발끝만 바라보았다. 나는 최대한 인상을 부드럽게 하며 다시 물었다.

"이름이 뭐였지?"

"진, 훈, 이, 요."

진, 훈. 너는 이제 막 말을 배운 어린아이처럼 한 글자 한 글자 끊어서 말했다. 나중에서야 알았지만 본드를 오랫동안 해온 너는 말을 하는 데도 지장이 있을 정도로 심각하게 뇌가 손상되어 있었다. 검사를 받아 보니 너의 뇌는 칠십 대 수준으로 노화되어 있었다. 본드를 쉴 새 없이 해 온 탓에 그야말로 뇌가 녹아내리고 있었던 것이다. 난 말도 잘 못하고 본드의 쾌락에만 빠져 있는 너를 어찌해야 좋을지 몰랐다. 이대로 그냥 널 바깥으로 내보낸다면 너는 사람들이 동정심으로 던져 준 몇 푼의 돈으로 다시 본드를 살 게 분명했다. 널 그대로 보낼 수가 없었다.

"곧 일이 끝나니까 조금만 기다려 줄래? 오늘은 아저씨 집에 가자."

훈이 너는 놀란 토끼 눈을 하고선 고개를 가로저었다. 그리고 무언가 곰곰이 생각하더니 나에게 물었다.

"아, 저, 씬, 가, 족, 이, 없, 나, 요."

훈아, 난 그 때 네게 사실대로 말해 줄 수가 없었다. 내 아내의 죽음과 그 배 속에서 작은 씨앗으로 존재하던 아이의 죽음을. 나는 그 후로 늘 혼자였고, 늘 혼자일 거라고 맹세했다. 텅 빈 방에서 아이에게 신기려고 사 놓았던 양말을 만지작거리며 많은 밤을 지새웠지. 그 때 나는 너에게 그런 말을 할 용기가 없었다. 나는 웃음 띤 얼굴로 너에게 말했다.

"그래, 나 혼자 사니까 어려워할 필요 없단다."

그렇게 훈이 너와 나는 외로운 크리스마스를 처음으로 함께 보냈다. 갈 곳이 없는 너를, 나는 차마 쫓아낼 수 없어 보듬을 수밖에 없었다. 그게 너를 위한 길이자, 세상의 빛을 보지 못한 내 아이에게 속죄하는 길이라 믿었던 까닭이다.

3

내 집에 있는 처음 며칠 동안 넌 정말 성실한 아이로 살려고 노력했다. 동료 순경들이 넌 구제불능이라고 헛된 짓이라 말려도 난 들은 척도 하지 않았다. 훈이 너도 내 마음을 알았는지 정말 열심이었다. 금방이라도 쓰러질 듯 여윈 모습으로 걸레를 들고 바닥을 닦는 모습을 보았을 때는 기쁨인지 안타까움인지 모를 눈물이 나올 뻔했다. 나는 그 때 네게 이렇게 말했지.

"네가 머물고 싶으면 여기에 계속 머물러 있어도 된다. 하지만 본드를 다시 분다면 널 쫓아내고 말 거야."

겨울 추위와 무서움에 질린 너는 쉽사리도 그러마고 약속을 했다. 나도 잘 알고 있었다. 중독을 끊는 것이 목숨을 끊는 것보다 더 어렵다는 사실을. 본드는 너 같은 아이들이 너무나 쉽게 구할 수 있는 곳에 있었고, 오 년이나 십 년을 끊어도 한 번이라도 다시 손을 대면 한순간에 와르르 무너지고 만다는 것을 말이다. 너무나도 쉽게 나와 약속을 한 네가 못 미더웠지만 다시 빛이 하나둘 켜져 가는 네 눈을 보며 나는 기적을 바랐다.

"아, 저, 씨, 글, 좀, 가, 르, 쳐, 주, 세, 요."

어느 날 너는 내게 글을 가르쳐 달라고 졸랐다. 기억하지 못할 뿐 너는 이미 글을 배웠으리라. 오랜 환각의 시간이 네게서 언어를 훔쳐 달아난 것일 뿐. 그래도 네가 무언가 하고자 하는 의지가 생겼다는 것이 나는 너무나 기뻤다.

"무얼 하려고?"

"편, 지, 를, 쓰, 려, 구, 요."

'누구에게?'라고 묻고 싶었으나 그건 중요한 게 아니었다. 훈이 네가 비로소 재활 의지를 보인 것이다! 나는 퇴근길에 서점에 들러 교재를 샀다. 보통 초등학생들이 글을 처음 배울 때 쓰는 교재였다. 이미 뇌가 칠십 대 정도로 노화해 버린 네가 무언가를 배우려면 상당히 힘이 들 거라는 건 알고 있었다. 하지만 내가 너에게 무언가 변화를 불러일으키고 있다는 사실이 나를 자만하게 만들었다.

집에 돌아온 나는 잠겨 있는 대문을 보고 무언가 이상하다는 걸 느꼈다. 급하게 열쇠로 문을 열고 들어가니 방 안에 본드 냄새가 진동했다. 그리고 거실 중앙엔, 한 손에 본드가 가득 찬 검은 봉지를 든 채 대자로 뻗은 네가 있었다. 나는 달려가서 네 멱살을 잡아 흔들었다.

"아, 저, 씨, 꽃, 잎, 이, 보, 이, 나, 요."

너는 멱살을 잡힌 채 싱글벙글 웃으며 말했다. 나는 어이가 없어 너를 털썩 바닥에 내려놓았다. 그리고 사 왔던 국어 교재들을 내던지며 말했다.

"너를 믿었던 내가 미친놈이다. 잠시나마 희망을 가졌던 내가 미친놈이다. 정신이 들면 당장 기어나가 버려! 꼴도 보기 싫으니까."

"꽃, 잎, 이, 보, 이, 나, 요? 저, 는, 요, 그, 게, 제, 일, 무, 서, 워, 요."

나는 네게 욕을 더 퍼부으려다가 상종을 말아야겠다는 생각에 방으로 들어가 버렸다. 훈아, 난 지금 네게 얼마나 미안한지 모른다. 네가 꽃에 대해 처음 말해 주었던 그 순간에 너를 안아 주지 못한 것이, 내 가슴에 멍울진 가장 아픈 기억 가운데 하나란다.

다음 날 너는 내 방 앞에 무릎을 꿇은 채로 졸고 있었다. 내가 사 온 국어 교재들을, 삐뚤빼뚤한 글씨일망정 두 페이지씩 써 놓고서 말이다. 바닥에 얼룩진 본드 자국을 밤새 닦고 또 닦았는지 걸레엔 본드가 엉겨 붙어 있었다. 누군가에게 버려질 수도 있다는 사실이, 그것이 너를 그토록 처절하게 만들었던 것일까. 그 때 난 너를 품에 안고 맹세했다. 절대 널 버리지 않겠노라고.

4

훈아, 너희 동네 뒷산에 올라가면 어선과 큰 배들이 드나드는 항구가 보인다고 했지? 아무래도 난 지금 네가 보았던 풍경을 그대로 보고 있는 것 같다. 겨울 항구는 왠지 모르게 쓸쓸하기 마련인가 보다. 지금 저 바다 끝엔 때를 놓친 철새들이 외로이 태양을 향해 날아가고, 진녹색 바다 위에는 눈 덮인 어선들이 유빙처럼 흔들리고 있다. 왠지 무거워진 파도 소리를 들으면서 나는 네가 자라면서 무수히 디뎠을 그 항구를 걸었다.

꽁꽁 언 생선 몇 마리를 샀다. 낡은 가판대를 지키는 등 굽은 할머니가 빨개진 코로 뽀얀 입김을 내뿜으며 줄어들지 않는 생선들을 한숨으로 바라보는 모습을 보았기 때문이다. 네 편지를 이 생선과 함께 그들에게 전해 주어야겠다. 오늘은 크리스마스가 아니냐. 모두가 행복한 크리스마스가.

5

훈이 너는 그 후에도 본드를 완전히 끊지는 못했다. 그러나 어쩔 수 없이 본드에 손을 댈 때마다 몹시 괴로워했다. 예전의 너는 스스로를 망치는 것에 대해 아무런 죄책감도 없이 쉽사리 본드의 쾌락에 몸을 맡겼다. 그러던 네가 본드를 거부하기 시작한 것이다. 한순간에 끊을 수 있으리라고는 생각지 않았다. 우리는 네가 허물어질 때마다 서로 부둥켜안고 울고 또 울었다. 실컷 울고 나면 너는 내게 미안하다며 죄송하다며 고개를 들지 못했다.

훈이 네가 홀로 편지를 쓰기 시작했을 때, 나는 한편으론 놀라고 한편으론 기뻤다. 너는 글공부만은 욕심을 부려 아주 열심히 했다. 일기 같은 장문을 쓸 정도는 아니지만 '안녕하세요. 안녕히 계세요.' 같은 문장 정도는 적을 수 있게 되었다. 어느 휴일 너와 나는 늦은 저녁을 먹고 마루에 앉아 있었다. 한참을 말이 없던 네가 느닷없이 내게 물었다.

"왜, 가, 족, 이, 없, 어, 요?"

진심으로 궁금하다는 눈빛으로 나를 바라보는 네게, 이제는

108

말해 줄 때가 된 것도 같아서 나는 마치 남의 이야기를 하듯 아이를 낳다가 죽은 내 아내에 대해서 말했다. 원래부터 몸이 약한 여자라 임신하는 것 자체가 무리였다고, 괜히 내가 아이를 낳고 싶다고 욕심 부려 아내를 그렇게 만든 거라고. 너무 오래된 일이라 이젠 잊고 산다고 말을 하는데, 우습게도 훈이 네 눈이 젖어 있었다. 너는 무언가 골똘히 생각하더니 나지막이 말을 이었다.

"나, 는, 요, 꽃, 이, 무, 서, 워, 요. 왠, 줄, 알, 아, 요?"

그렇게 시작된 네 이야기는 그 날 밤 나를 연민과 고통으로 잠 못 들게 만들었다. 너는 꿈꾸듯 말했다. 붉은 꽃이 문고리에 걸려 있는 날은 여동생과 함께 온종일 집에 들어가지 못했다고. 그것은 어머니가 동생과 너를 위해 남겨 놓은 표식이라 했다. 꽃이 문고리에 걸려 있는 날은 낯선 사내들이 훈이 네 어머니를 찾아온 날이어서, 너와 동생은 겁이 나서 산으로 바다로 도망칠 수밖에 없었다고. 기억조차 잘 나지 않는 네 아버지는 어부로 살다 바다에 몸을 묻었다고. 그 후로 네 어머니는 살기 위해, 죽을 수 없기에, 너와 네 동생을 돌보기 위하여 잡초 뿌리처럼 살아왔다고 했다. 어물전 길가에서 남의 서방 후리는 년이라고 머리채를 뽑히는 어머니를 보고 동생의 눈을 가린 채 뒷산 언덕으로 얼마나 뛰었었는지 모른다고 너는 슬프게 웃으며 말했다. 학교에서 받은 상장을 들고 어머니께 자랑하러 한걸음에 집으로 달려오면 문고리엔 어김없이 꽃이 걸려 있었다고 했다. 철없는 동생이 친구한테 놀림 받은 그대로 어머니에게 악다구니를 쓸 때에도 착한 네 어머니는 아무 말도 하지 않았다고 했다. 이런 현실이 너무나 답답했던 너는 어머니 돈을 훔쳐 서울로 올라와 길거리의 친구들과 어울리다가 나쁜 짓을 배우고 본드를 배웠다고 했다. 지금 너는 어머니를 이해할 수 있다고 했다. 아무것도 없는 빈털터리가 아이들을 키우려니 무슨 일인들 못했겠냐고. 그 날 밤 나는 너와 어머니와 여동생을 꼭 다시 만나게 해야겠다고 마음먹었다. 훈아, 내가 조금만 더, 조금만 더 빨리 너와 어머니를 만나게 했으면 넌 더 편안히 죽을 수 있었을까.

6

네가 기억하던 너희 집은 이미 헐려 있었다. 아마 다른 곳으로 이사를 간 것 같았다. 동네에 물어물어 알아보니 그 근처로 이사를 간 것이었다. 본드에 중독된 너를 억지로 데려올 수는 없었지만, 네가 제 발로 찾아오기를 기다렸던 모양이다. 벨을 누르고 한참을 기다리니 고등학생 정도 된 여자 아이가 문을 열고 나를 수상스럽다는 듯 쳐다보았다. 그 아이의 둥그런 눈매와 의심에 찬 표정. 네가 말하던 동생이라는 걸 너무나 쉽게 알 수 있었다.

"네가 경숙이구나."

"어떻게 절 아세요?"

이름까지 대자 네 동생은 더 수상스럽다는 표정으로 날 쳐다보았다. 그 모습이 어찌나 훈이 널 닮았던지 하마터면 웃음을 터뜨릴 뻔했다.

　"너희 오빠 문제로 찾아왔는데 말이지……."

　오빠라는 말에 반쯤 열린 대문이 활짝 열렸다. 날 거실로 안내한 네 동생은 다짜고짜 네 안부부터 묻기 시작했다. 어떻게 말을 꺼내면 좋을지, 어떻게 네 죽음을 이 아이에게 이해시켜야 할지 난감했다. 나는 말을 돌리려 일부러 너스레를 떨었다.

　"어머니 혼자 너희를 키우신다고 들었는데, 생각보다는 잘 살고 있구나. 그런데 너희 어머니는 안 계시니?"

　"어머니가 부자 아저씨랑 재혼하셨거든요. 우리 오빠 없는 셈 친다는 약속을 하고요. 부자인 양반이 돈은 무지하게 아껴서 오빠 재활 치료도 안 시켜 줬다니까요. 어머니는 일 보러 잠깐 나가셨으니까 오빠 문제라는 거나 빨리 말해 주세요."

　나는 고민하다가 말없이 네 편지를 꺼냈다. 잠잘 때마다 쥐고 자던 네 손때와, 너를 그리워하던 내 손때로 더러워진 편지는 드디어 네가 전하려던 그들에게 돌아갔다. 크리스마스에 선물처럼 네가 내게 온 것처럼, 나도 선물처럼 그들에게 너를 돌려주었다.

　편지를 읽던 네 동생은 무표정한 얼굴로 고개를 들어 창문을 바라보았다. 그리고 잠깐 적막이 흘렀다. 코감기에 걸린 듯 코를 훌쩍이던 네 동생의 눈가가 벌겋게 달아오르더니 눈물이 비어져 나오기 시작했다. 네 동생은 끝까지 울지 않으려고 쉴 새 없이 흐르는 눈물을 소매로 닦아 내고 또 닦아 냈다.

"뭐라고 써 있던?"

나는 짐짓 모르는 척 물었다. 네 동생은 뭐 별거 아니란 듯이 코를 훌쩍거리며 젖은 목소리로 말했다.

"나는 이제 어머니를 이해합니다. 사랑합니다. 칫! 본드 불더니 완전 바보 됐어, 우리 오빠. 글씨가 이게 뭐야, 글씨가."

나는 이제 네 동생에게 네 죽음을 말해 주어야겠다고 생각했다. 말을 꺼내려고 마음의 준비를 했다. 놀라지 말고 잘 들으렴. 너의 오빠는 말이다. 본드를 아주 아주 많이 해서 말이야, 심장이 녹아 버렸단다. 나 몰래몰래 불려고 화장실에서 불도 안 켜고 하다가 약해진 심장이 더 이상 네 오빠가 분 본드를 견디지 못하고 잠깐 멈추고 말았는데, 그게 영원히 멈추어 버린 거야. 네 오빠는 말이다⋯⋯.

"잘 살고 있는 거죠? 살아 있기만 하면 돼요. 살아 있기만. 그리고 전해 줘요. 엄마와 나는 언제나 이 곳에서 기다리고 있을 거라고요. 편지 전해 주러 온 거죠? 고마워요."

네 죽음에 대하여 이야기하려는 내 심각한 표정을 읽어 낸 것일까. 그 아이는 급하게 내 말을 자르고 자리에서 일어나더구나. 그리고 더 이상 할 말이 없다는 듯이 벽으로 돌아서 나에게 등을 보이더구나. 그래, 절망뿐인 상실감보다 혹시나 하는 기다림이 더 편한 거겠지. 나 역시도 네 죽음을 몰랐다면 더 편해질 수 있었을까. 나는 그 집에 네 편지와 언 생선과 너를 두고 문을 나섰다.

7

훈아, 내가 가장 가기 싫어했던 곳이 어디인 줄 알고 있니. 바로 목욕탕이었어. 훈이 너는 몰랐을 거다. 목욕탕에 가기 싫다는 너를 억지로 끌고 가던 나였으니까. 너와 같이 살기 전에는 정말 목욕탕에 가는 것을 싫어했다. 나는 아버지를 초등학교 때 여의여서 아버지와 목욕탕을 갔던 기억이 별로 없어. 기억나는 건 세상에서 가장 넓은 등판과 곰보 자국, 등이 너무 넓어서 때 밀어 드리기 힘들다고 도망쳤던 내 철없던 모습뿐이야. 아버지 장례를 치르고 집안의 외아들인 나 혼자 남자 목욕탕에 갔을 때, 아버지 등을 열심히 밀고 있는 꼬마 아이가 눈에 들어왔어. 그 아이 역시 예전의 나처럼 심통이 가득 찬 얼굴이었지. 하지만 아이 아버지는 세상에서 가장 행복한 표정이었어. 아! 아버지는 등을 밀어 주는 것만으로도 너무나 행복해하셨는데, 나는 그것마저도 제대로 못해 드렸던 거야. 그렇게 아버지를 보낸 게 너무나 죄스럽고 미안해서 고개를 들 수가 없었어. 그래서 나는 목욕탕을 갈 수가 없었어. 가더라도 부자가 함께 오기 힘든 새벽이나 늦은 저녁 시간에만 갔지. 근데 말야, 훈아. 네 덕분에 목욕탕에 가는 게 즐거워졌어. 아내가 죽은 후로 다신 행복할 수 없을 줄 알았는데, 그 빈자리에 네가 들어와 주었어. 내가 목욕 타월로 등을 닦으려 할 때 "아저씨 제가 밀어 드릴게요."라며 나를 돌려 앉히고 등을 밀어 주었지. 훈아, 그 때 내가 뒤돌아 있어서 다행이었다. 나 그 때 조금 울고 말았거든. 훈아, 사실 나는 널 한 번이라도 이렇게 불러 보고 싶었단다.

훈아, 훈아, 아이고, 요 이쁜 내 아들아…….

_ 제2회 한국문화예술위원회 위원장상(2006년)

진명훈 :: 안녕하세요, 진명훈입니다. 이 글을 쓰면서 가족에 대하여 참 많은 생각을 했어요. 읽으시는 여러분들도 가족의 소중함을 다시금 돌아보는 계기가 되었으면 합니다. 제 글이 따뜻한 기억으로 남았으면 좋겠네요.

21세기 산타

마샬

아주 어릴 적 크리스마스이브 날 밤에 자는 척하며 슬며시 실눈으로 보았던 산타 할아버지의 정체가 '우리 아빠'라는 사실을 알고 실망한 뒤로, 오늘처럼 기운 빠지는 일은 처음이다. 동네 전봇대에 붙어 있는 광고를 보고 꽤 규모가 큰 회사에서 아르바이트생을 모집하는 줄 알고 찾아왔는데, 이건 뭐야? 깡마른 노인네 한 명뿐이잖아! 그럼 그 거창한 광고 내용은 도대체……. 이런, 사기꾼 노인네 같으니라고.

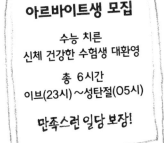

아르바이트생 모집

수능 치른
신체 건강한 수험생 대환영

총 6시간
이브(23시) ~ 성탄절(05시)

만족스런 일당 보장!

그 '만족스런'이란 단어를 대충 보아 넘긴 것이 실수다. 사람들 눈에 잘 띄지 않는 뒷산 깊숙한 곳에 거지도 가까이 가지 않을 만큼 낡은 집을 지어 사는 이 비쩍 마른 노인이 어떻게 고액의 일당을 지급할 수 있겠는가. 사실 난 이 허름한 집에 들어오자마자 곧바로 뛰쳐나가려 했다. 그런데 집 안을 가득 채운 묘한 분위기가 나를 도로 주저앉혔다. 노인은 낡은 책상 앞에서 무언가 열심히 작업을 하고 있었다.

"아르바이트 때문에 온 학생인가?"

노인은 뒤도 돌아보지 않고 말했다. 외모와는 달리 포근함이 느껴지는 목소리였다. 내가 학생이라는 건 또 어떻게 알았지.

"네."

난 일단 대답했다. 밖에서 바람이 날카롭게 스치는 소리가 들린다. 올 겨울은 유난히 추운 것 같다. 바람에 밀려 삐거덕거리는 문 앞에 나는 어정쩡하게 서 있었다.

"바깥바람이 거칠군. 좀 앉게. 올해 수능 쳤지?"

"네, 음⋯⋯."

난 어디에 앉아야 할지 몰라 주춤거리다가 누렇게 변색된 이불 위에 철퍼덕 엉덩이를 붙이고 앉았다. 에라, 모르겠다. 될 대로 되겠지. 쥐꼬리만큼이라도 보수를 받으면 그만이다. 어차피 집에 있어 봐야 득 될 일도 없다. 수능이 끝나면 휴대전화 백 대라도 사 줄 것 같던 부모님의 태도가 12월이 되면서 완전히 달라졌다. 친구들과 놀러 갈 곳도 많고 연말이라 돈 쓸 일도 많은데, 어머니는 오히려 내 용돈을 더 줄여 버렸다. 이제 참고

서를 사지 않아도 된다는 것이 명분이었다. 밖에 나가 놀자니 돈이 부족하고, 집 안에 틀어박혀 컴퓨터 키보드나 두드리고 있으려니 이번엔 또 동생이 울면서 자리를 비켜 달란다. 어유, 참! 더러워서 내가 벌어 쓴다, 하며 밖으로 나왔다. 어차피 할 일도 없고, 뭐 아무리 적은 일당이라도 크리스마스 하루 신나게 놀 만큼은 될 것이다. 그건 그렇고, 저 노인은 아까부터 무엇을 저렇게 열심히 하고 있는 것일까?

"궁금하나?"

"넷, 네?"

난 깜짝 놀랐다. 설마? 에이, 그럴 리가 없다.

"자네가 아까부터 내가 작업하는 걸 뚫어지게 쳐다보는 것 같아서 그런다네."

내가 그랬나. 그러고 보니 내 시선이 줄곧 노인을 향하고 있었다. 주위 환경에 꽤 예민한 성격인가 보다. 내 시선까지 의식하고 있었다니!

"에헴! 수능이 끝나도 세상은 그대로지?"

노인은 헛기침을 하다가 갑자기 화제를 바꿔 뚱딴지같은 질문을 해 왔다. 도대체 종잡을 수 없는 사람이다. 나는 무슨 대답을 해야 할지 몰라 머뭇거렸다. 천장에 매달려 초라한 방 안을 비추는 백열등이 잠시 깜빡인다. 하나밖에 없는 문은 여전히 덜컥거린다. 집에 돌아갈 길이 벌써 막막하다. 휙휙 칼바람 소리가 귀를 자극한다.

"너무 그렇게 불편해하지 마. 그냥 친할아버지처럼 편하게 이야기해. 바람이 너무 차고 시간도 꽤 늦었으니, 집에 갈 길이 걱정되면 하룻밤 자고 가도 되네. 벌써 아홉 시야."

"와하하하! 말 같잖은 소리 하지도 마세요. 불편해서 어떻게 자고 갑니…… 흡!"

난 이야기를 하다가 말고 손으로 입을 막아 버렸다. 젠장! 내가 미쳤나? 무심코 머릿속에 떠오른 생각을 그대로 말해 버렸다. 이제 아르바이트는 물 건너갔다. 흑흑, 어디에 가서 돈을 번담.

"헛헛헛! 솔직해서 좋구먼. 그래, 그렇게 말을 하면 되지 뭘 그리 불편하게 앉아 있나? 집이 좀 허술하긴 하지. 내 하는 일이 이렇다 보니 집 관리를 못했다네. 좀 오래됐지. 헛헛!"

나 참! 웃음소리 한번 독특한 노인네다. 원래 저런 건지, 다른 사람을 흉내 내려는 어설픈 노력인지. 아무튼 내가 한 말엔 그다지 개의치 않는 것 같다. 다시 보니 꽤 괜찮은 할아버지다. 같은 또래였다면 좋은 친구가 되었을 것이다. 하지만 나이 지긋한 노인네가 저러니 어째 어울리지 않는다. 하는 일이란 건 도대체 뭘까. 알아야 일을 하든지 말든지 하지.

"할아버지 하시는 일이 뭔데요?"

나는 다리를 쭉 펴고 스트레칭을 하며 물었다. 처음엔 아주 불편했는데, 잠깐 사이에 이 곳이 아주 편해졌다. 신기한 일이었다.

"뭐, 요즘 젊은이들은 이런 일을 '노가다'라고 부를 수도 있겠군!"

노인은 이번엔 뒤로 고개를 돌려 대답했다. 웃음은 환했지만 얼굴 전체가 주름투성이다. 까닭 없이 가슴이 아려 왔다. 타인의 감정에 꽤 많은 영향을 끼치는 이상한 힘을 가진 웃음이었다. 아니, 누구라도 저 얼굴을 보면 한마디 할 것이다. 밥 좀 많이 드세요, 이 노인네야! 그나저나 '노가다'라니, 얼마나 힘들기에 '노가다'라는 거야?

"그러니까 그 일에 대한 구체적인 설명을 듣고 싶어요."

나는 아예 이불 위에 벌러덩 드러누웠다. 오래돼서 색은 좀 누렇지만 상당히 깨끗한 이불이다. 게다가 굉장히 부드럽고 푹신하다. 비싼 건가.

"글쎄, 설명하기가 꽤 까다롭군. 난 성탄절에만 이 일을 하는 것이 아니거든. 평소에도 다른 곳에서 끊임없이 일을 하고 있지. 예전엔 이 일이 벌이가 쏠쏠해서 풍채가 좋았는데, 언제부턴가 통 벌이가 안 되더군. 해서 계속 살이 빠지다가 이렇게 온몸이 주름으로 덮였지 뭔가. ……어험! 자네, 거기 누워 있지 말고 여기 와서 내 작업하는 것 좀 보는 게 어떤가?"

아무래도 이 노인네는 뒤통수에 눈이 달린 모양이다. 잘도 내가 누워 있다는 걸 알아챈다. 그나저나 이 이불 위가 너무 편하다. 더 누워 있고 싶은데……. 그래도 일은 해야지. 나는 일어나서 노인에게 다가갔다.

책상 위엔 상자와 포장지가 잔뜩 널려 있다. 책상 밑에는 커다랗고 붉은 자루가 하나 놓여 있다. 난 또 뭐 대단한 일 하는 줄 알았더니 결국 '산타 놀이'잖아. 요즘 세상엔 산타 놀이를 하는 사람들이 얼마든지 있다. 그들의 목적은 돈이다. 이유도 없이 자선사업 하는 미친 산타 아니, 장사꾼은 신문에 날 것이다.

"할아버지도 산타로 분장하시겠네요."

난 산타의 손을 뚫어지게 내려다보며 말했다. 손에도 주름이 가득하다. 이런 손으로 어떻게 포장을 이렇게나 빨리 하는지 신기할 따름이다. 그건 그렇다 치자. 이 상자들은 모두 비어 있는데, 왜 벌써 포장을 하는 것일까?

"분장이라고? 허허, '빨간 옷' 말인가? 미안하지만 난 코카콜라 회사 직원이 아니거든. 이 일을 하려면 사람들 눈에 띄지 않아야 하니 검은 옷을 주로 입는다네. 올해는 자루도 검은 가죽 재질로 바꿀 거야. 저기 있는 붉은 자루는 버려야지. 필요하면 자네가 가져가도 좋아. 아르바이트 기념으로."

와하하! 이거 정말 심각한 '산타 병'인 것 같다. 이 노인은 지금 자신을 진짜 산타로 착각하고 있는 것이다.

"그나저나 이 상자들은 비었는데 왜 벌써 포장을 하죠?"

"내용물은 저절로 채워질 거야."

"네? 무슨……."

아아, 단순히 산타 놀이를 좋아하는 노인네가 아닌가 보다.

치매인가? 미친 것이 틀림없다. 저절로 찬다고? 웃기네. 말이
되냐고 그게.

"에이, 농담하시는 거죠?"

나는 애써 웃음 지으며 물었다.

"아니, 왜? 농담으로 들리나 보지?"

노인의 목소리가 갑자기 저음으로 변했다. 왠지 오싹한 느
낌이 든다. 도대체 이 묘한 분위기의 정체는 뭐야? 무섭다고
요. 이상한 목소리 내지 마세요. 노인은 아무래도 기분이 상한
것 같았다.

"소, 솔직히 그렇잖아요. 하하, 내용물이 저절로 찬다니 그
건 마술이 아니라 마법이죠. 과학적인 근거도 없고요."

나는 말을 더듬었다. 지금 분위기로는 말실수라도 했다간
한 대 맞을 것만 같다.

"호, 그래. 과학적 근거? 그럼 말 나온 김에 내가 하나 묻지.
자네 꿈이 뭔가?"

난 이 노인의 의도가 도대체 무엇인지 짐작조차 할 수 없었
다. 갑자기 아무 상관도 없는 화제는 왜 끌어들이는 건지.

"제 꿈이요?"

갑자기 그런 질문에 대답을 하려니 당황스러웠다. 노인은
날카로운 눈빛으로 날 노려보며 고개를 끄덕였다. 으, 무서워
서 대답하겠나 이거.

"음! 그러니까, 그게 좀 쑥스럽지만 세계적인……. 에이, 세

계적인 소설가요! 됐습니까?"

이건 누구에게도 말한 적 없는 건데……. 아, 쪽 팔려! 그런데 어째 머릿속이 시원한 것 같다. 가슴도 후련한 게 기분이 좋다. 이렇게 당당하게 꿈을 말한 건 이번이 처음이다.

"그거 농담인가?"

노인이 다시 작업을 시작하며 물었다.

"장난합니까? 농담일 리가 없잖아요. 나중에 어떻게 되든 지금 되고 싶은 거니까 농담은 아니지요."

난 화가 나서 책상을 손바닥으로 치며 대답했다.

"나도 농담 아냐. 이 상자 안을 채울 내용이 바로 그런 거야. 아주 소중한 거지. 그런데 요즘 사람들은 그것을 농담으로 치부해 버린단 말이야. 그래서 내가 이렇게 야윈 거라네."

뭐야? 무슨 말이야? 도대체가 상식적으로 말이 되지 않는 소리다. 그리고 그거랑 당신이 야윈 게 또 무슨 상관이냐고! 나는 큰 소리로 한마디 해 주려 했다. 할아버지 제정신이에요? 그러나 튀어나올 뻔했던 그 말은 다시 삼켜야 했다. 노인의 눈에 이슬이 한 방울 맺혔다. 그 모습을 보니 왠지 속이 답답해졌다. 젠장! 짜증이 난다. 이 노인은 미친 사람이 분명한데, 내가 왜 대화를 하고 있는지 모르겠다. 집에 가야겠다. 이 곳에 더 있다간 나까지 미쳐 버릴 지경이다.

"저 집에 갈래요."

난 결국 노인에게 돌아가겠다고 말했다.

"내일이 이브지. 내일 밤에 일을 할 텐가?"

노인이 작업을 멈추었다. 순간 집 안이 조용해졌다. 그렇게 세차게 불던 바람도 이젠 좀 잠잠해졌나 보다. 문이 덜컹거리지 않는다.

"그 상자, 집집마다 나눠 주는 거죠? 몇 가구에 넣어야 하는데요?"

미친 노인과 일하는 것이 내키지는 않지만, 이렇게 보낸 시간이 아까워서라도 돈을 벌어야겠다고 생각했다. 그런데 노인의 입에서 튀어나온 대답이 가관이었다.

"전 세계."

돌았군, 완전. 나는 내일 나올 것인지 말 것인지 대답도 않고 문을 박차고 나왔다. 뭐 저런 빌어먹을 노인네가 다 있담. 아니, 내 잘못이다. 이상한 광고에 현혹된 내가 바보지. 나는 작은 소리로 투덜거리며 걸음을 재촉했다. 집으로 가는 내내 노인의 주름진 얼굴이 떠올랐다. 가슴이 또 아려 왔다. 도대체 원인이 뭘까.

지난밤 늦게 잠자리에 든 탓에 늦잠을 자 버렸다. 시계의 시침은 벌써 오전 열한 시를 가리키고 있다. 난 머리를 긁적이며 느릿느릿 부엌으로 걸어갔다. 온 집 안이 조용하다. 아버지는 출근했을 거고, 동생은 성당에 간다고 했다. 어머니도 외출했나 보다. 식탁 위엔 쪽지 하나가 덩그러니 놓여 있다.

반찬 없으면 라면 끓여 먹어라. 냉장고에 계란이랑 김치 있다. 엄마는 고등학교 동창회 간다.

크리스마스이브라……. 어째 내 신세가 처량하다. 집에서 라면이나 끓여 먹고 있어야 한다니! 혹시나 하는 마음에 주머니에 손을 넣어 보았다. 그러면 그렇지. 잡히는 건 오백 원짜리 동전 하나다. 정말 최악의 크리스마스이브다.

난 생 라면을 손으로 잘게 부숴 와삭와삭 씹어 먹었다. 크리스마스 특집 영화를 보면서. 영화는 작년에도 보았던 거다. 지겹다. 리모컨으로 채널을 돌리는데, 갑자기 휴대전화 진동이 울린다. 한 번 울리고 마는 것을 보니 문자 메시지인가 보다. 라면 봉지를 소파에 던져 놓고 문자 메시지를 확인했다.

민철아, 나 지금 너희 집 앞에 있어. 팔 빠질 것 같아. 도와주면 사례는 꼭 할게. ─하은희

이럴 수가! 은희가 집 앞에서 나를 기다리고 있다니, 믿을 수가 없다. 난 거실 창문을 열고 내다보았다. 정말이다. 은희가 대문 앞에 이상한 종이 뭉치를 잔뜩 쌓아 놓고 그 위에 앉아 있다. 운동복 차림이 의외다. 은희가 치마를 입지 않는 날도 있다니. 뭐, 저런 차림도 나름대로 귀여운데.

난 조금만 기다려 달라는 답신을 보내고 재빨리 욕실에 들

어가 씻었다. 그리고 운동복을 입고 현관문을 나섰다. 남들이 보면 연인인 줄 알 것이다. 하하, 상황이 이렇게 되고 보니 그다지 나쁜 크리스마스이브는 아닌 것 같다. 내가 평소에 짝사랑하는 은희와 이브를 함께 보낼 수 있다. 은희는 분명 저 종이 뭉치를 들어 달라고 부탁할 것이다. 그 대가로 같이 놀러 가자고 해야지. 좀 야비한 짓이지만 좀처럼 오지 않는 기회다. 게다가 은희는 학교에서 인기도 많다. 나처럼 평범한 남학생은 근처에도 가기 힘들 만큼 어려운 존재다. 그나저나 걱정이다. 오백 원으로 제대로 된 데이트나 할 수 있을까. 하늘엔 먹구름이 짙게 깔렸다. 비나 눈이라도 잔뜩 내릴 것 같은데. 뭐, 그런 건 나중에 생각해야지.

"어, 민철아, 미안해. 너무 무거워서 친구들한테 도와 달라고 했는데, 아무도 오지 않으려고 해서……. 너희 반 선화가 근처에 너희 집이 있다고 가르쳐 주더라. 나와 줘서 고마워. 중학교 3학년 때 이후로 나랑 이야기하는 건 처음이지?"

은희는 내가 나오는 것을 보고 환하게 웃었다. 어쩜 저렇게 예쁠까. 게다가 용케도 중학교 때 같은 반이었다는 것을 기억하고 있다. 사실 그 때도 우리는 거의 말을 섞지 않고 지냈다. 지금은 적극적이다 못해 공격적인 수준이지만, 그 때만 해도 난 정말 내성적인 성격이었기 때문이다. 덕분에 교실 구석에서 미친 듯이 책만 읽었다. 지금까지 살아오며 읽은 책의 대부분이 그 때 읽은 것이라 해도 과언이 아닐 정도니까.

"아니, 뭐. 나도 굉장히 심심했거든. 도와 달라는 건 이 종이 뭉치 나르는 거지?"

난 종이 뭉치를 번쩍 들어올렸다. 생각보다 꽤 무겁다. 하지만 은희 앞에서 약한 모습을 보이고 싶지 않은 마음에 활짝 웃었다. 허리에서 뚜뚝 하는 소리와 함께 고통이 느껴진다.

"응, 사실 이거 아르바이튼데, 일당 받으면 꼭 너도 나눠 줄게. 그리고 나도 일은 해야 하니까 혼자 다 들지 마. 그거 아주 무겁단 말이야."

은희는 종이 뭉치를 조금 덜어 갔다. 다행이다. 가뿐한 척했지만 혼자 들기에는 너무 무거웠다. 그나저나 아르바이트 하니까 생각나는 얼굴이 있다. 어제 그 정신 나간 노인. 아직도 산타 놀이 중일까.

"그럼 이제 가 볼까? 여기서 가까운 곳이야. 바로 뒷산 근처거든."

뒷산이라고? 아르바이트에 뒷산……. 왠지 불길한 예감이 들었다. 그리고 다시 그 얼굴이 떠올랐다. 주름진 얼굴……. 그 할아버지의, 보고 있으면 울음이 터질 것만 같은 그 얼굴이 자꾸만 떠올랐다.

노인은 폭신한 이불 위에 쓰러져 있었다. 코 밑에는 검붉은 피가 말라붙어 있고, 집 안 곳곳에 빈 상자들이 널려 있었다. 이런 미친 노인네! 정신 나간 짓도 정도껏 해야지. 은희와 나는 구급차를 부르려 했지만, 빌어먹을 노인이 힘겨운 목소리로 말렸다. 난 무시하고 휴대전화를 꺼냈다. 이번엔 은희가 말렸다. 은희의 볼에 눈물이 흘러내리고 있었다. 노인의 목소리가 너무 절실했다. 제길! 뭘 어쩌라는 거야?

은희는 두 시간째 노인 옆에 앉아서 간호하고 있다. 노인은 우리에게 일당을 두 배로 주겠다고 했다. 은희는 말없이 고개를 저었고, 난 크게 고함을 질렀다. 말도 안 되는 소리 좀 작작 해요! 그런 돈 줘도 안 받아.

난 은희가 하는 아르바이트도 그 노인의 산타 놀이를 돕는 것이라는 사실을 알고 놀랄 겨를조차 없었다. 노인은 밤새도록 작업을 했던 모양이다. 저 나이에 도대체 왜 그리도 힘든 일을 하는지 이해할 수가 없다. 아니, 노인의 정체 자체가 궁금했다. 뭔가 대단한 기인처럼 보이기도 하면서, 평범한, 아니 약간 정신 나간 늙은이처럼 보이기도 했다.

오후 세 시가 되자 노인이 갑자기 몸을 일으켰다. 은희가 손수건을 이마에 대 주며 일어나지 말라고 했지만, 노인은 고집을 부렸다. 그 꼴을 보고 있자니 정말 답답해서 미칠 지경이다. 노인은 가슴을 탕탕 두드리는 나를 불렀다. 할 이야기가 있다고, 그리고 오늘 일도 반드시 해야만 한다고. 나는 가까이 가서 은희 옆에 앉았다. 그는 다시 입을 열었다.

"자네 둘이 아는 사이였다니 정말 뜻밖이군. 우연은 아니야. 헛헛!"

애써 괜찮은 척했지만 노인의 목소리는 매우 힘겹게 들렸다. 나는 시큰둥하게 고개를 돌렸고, 은희는 살짝 웃었다. 하지만 눈에 눈물이 약간 맺혀 있었다.

"할아버지, 우리가 얼마나 놀랐는지 아세요? 무슨 사연이 있는지는 몰라도 그 지경까지 되면서 왜 굳이 이 일을 하려고 하시는지 모르겠습니다."

갑작스런 내 말에 은희의 얼굴에서 웃음이 사라졌다. 노인은 말이 없다. 깊은 생각에 잠긴 눈빛을 하고 있다. 그리고 더 깊어진 얼굴의 주름……. 저 주름만큼이나 깊은 사연이 있는 것이 틀림없다.

"나한텐 아들이 있었어. 큰 꿈을 가진 녀석이었지. 녀석의 꿈도 자네와 같았다네. 소설가였지. 그래, 그냥 소설가 말고 세계적인 소설가. 그런데 어느 날 갑자기 죽어 버렸다네. 그 날이 크리스마스였어. 갓난아기 때부터 어미도 없이 내 손으로 키운 아들이었다. 녀석이 죽고 나서 생각나더군. 내가 크리스마스에 제대로 된 선물 한 번 한 적이 없다는 것이 말이야."

역시! 슬픈 사연이 있었던 것이다. 은희는 노인의 이야기를 들으며 계속 훌쩍거렸다. 그래, 정말 슬픈 사연이긴 하다. 하지만 난 뭔가 꺼림칙한 마음을 떨쳐 버릴 수가 없었다. 분명 눈물나는 이야기이긴 한데, 너무 진부했다. 영화나 드라마에서 한 번쯤 본 듯한, 눈 감고도 외우는 스토리. 뭐, 아무튼 이 노인은 평범한 늙은이에 불과하다는 것이 밝혀졌다. 산타 옷은 원래 검은색이다, 내가 야윈 것은 요즘 사람들이 소중한 꿈을 농담으로 치부해서 그렇다, 그런 이야기들은 다 헛소리였던 것이다. 그래, 저 주름은 원래 늙은 몸에 제대로 먹지 못해서 더 심해진 것이다. 난 노인에게 몇 년 동안 산타 노릇을 해 왔는지 물어보기로 했다. 그 때였다.

"계십니까?"

매끈한 정장 차림의 아저씨가 문을 열고 불쑥 들어왔다. 아저씨는 잠시 놀란 눈빛으로 우리를 보더니 노인을 향해 시선을 옮겼다. 그가 내뱉은 말은 은희와 내 머릿속을 띵하게 만들기에 모자람이 없었다.

"아버지, 오늘은 진짜 집에 같이 돌아가요. 도대체 왜 그렇게 고집을 부리십니까? 도대체 뭐가 부족해서 그러시는데요?"

아버지라니! 자식은 죽었다고 방금 전에 이 노인이 말하지 않았던가.

"난 댁 같은 사람 모르는데."

노인은 토라진 아이처럼 고개를 획 돌리며 말했다.

"아버지!"

아저씨는 급기야 무릎을 꿇으며 호소했다.

"……내 아들은 십 년 전에 죽었다. 출판사가 잘돼서 돈 좀 벌더니 갑자기 죽어 버렸어!"

"또 그 소립니까?"

아저씨는 고개를 설레설레 흔들었다. 그리고 포기한 듯 다시 일어서서 나가려고 했다. 그 때 노인이 그를 다시 불러 세웠다.

"기다려! 같이 간다. 어디 그놈의 돈 얼마나 많이 벌었는지 구경이나 하자."

"차에 시동 걸고 있겠습니다."

아저씨는 밖으로 나가 버렸다.

노인이 잘 일어나지 못하는 것 같아 내가 부축해 주었다. 그는 차마 내 얼굴을 보지 못하고 고개를 숙이고 있다가, 기어이 혼자 힘으로 문을 향해 걸어갔다.

"내 신세가 이렇다네. 돈 많은 아들 둔 건 좋은 일이 아냐. 저 불효자식은 돈 때문에 꿈을 버렸어. 돈 좀 벌더니 글은 쓸 생각도 않더군. 저놈 글 읽는 것이 내 삶의 낙이었는데……."

노인은 말을 잇지 못하고 잠시 문에 기대어 서 있었다. 다시 입을 연 것은 자동차 엔진 소리가 가까워졌을 때였다.

"은희 양과 민철 군은 부디 꿈을 버리지 말게. 수고했는데 급여를 못 줘서 미안하군. 하지만 이것만은 믿어 주게. 내 산타 놀이는 진지했다네. 온 세상 어린이들에게 사라지지 않는 꿈을 선물하고 싶었어. 아기 예수의 탄생처럼 말이야……. 이 집은 자네들이 써도 좋아. 아르바이트 급여 대신으로 받아 주면 고맙겠군. 그럼, 난 가네. 아! 이건 좀 무리한 부탁인지 모르겠다만, 은희 양에게 부탁했던 폐지로 상자라도 마저 완성해 줬으면 하네. 상자만이라도 다 완성해야……."

노인은 말을 잇지 못했다. 그러고는 눈물을 글썽이며 나갔다. 은희와 나는 자동차 엔진 소리가 멀어질 때까지 석상처럼 가만히 서 있었다. 정신을 차린 것은 바람에 문이 닫히는 소리가 들렸을 때였다.

"어쩔 거야, 민철아?"

은희가 먼저 나에게 말을 걸었다. 난 어깨를 으쓱해 보였다.

"어쩌긴, 일단 나가야지. 데이트 신청해도 되냐? 참고로 나 돈은 없다."

그리고 결국 속마음을 말해 버렸다.

"데이트 신청이라……. 민철이 너한테 그런 말 들을 줄은 꿈에도 몰랐는걸. 중학교 3학년 때 넌 늘 책만 읽고 있었잖아. 내가 보고 있는 줄도 모르고 말이야. 호호, 이제 보니 너 꿈이 소설가였구나. 근데 말이야. 내 꿈도 소설가야. 깔깔깔! 우리 같이 소재나 찾으러 가 볼까? 크리스마스이브니까 꽤 멋진 소재가 많을 거야. 아! 그리고 돈 없는 건 나도 마찬가지지롱."

한 방 먹었다.

은희는 멍청하게 서 있는 내 손을 붙잡았다. 우리는 함께 문을 나섰다. 언제부터 눈이 내렸는지 온 세상에 하얀 나비가 날아다닌다. 나도 모르게 웃음이 터졌다. 그 노인은 돈보다 값진 것을 선물해 주었다. 더없이 '만족스런' 일당이다.

난 이번 크리스마스이브를 절대 잊지 못할 것이다. 인생 최대의 선물을 받은 날이기도 하고, 인생 최초로 사귄 여자 친구와 데이트를 하는 날이기도 하기 때문이다.

그 노인과는 반드시 다시 만날 것이다. 못 다한 아르바이트는 해야지. 오늘 밤 꿈에 난 검은 옷을 입고 온 세상 모든 집들의 굴뚝을 탈 것이다. 그나저나 그 노인, 루돌프는 키우고 있는지 몰라.

_제1회 한국문화예술위원회 위원장상(2005년)

마샬(김영우) :: 어릴 적부터 이야기를 좋아했습니다. 멋진 이야기 같은 삶을 살고 싶고, 그렇게 살기 위해 노력합니다. 「21세기 산타」를 쓸 무렵부터 약 1년간 심한 성장통을 앓았습니다. 2년이 지난 지금 다시 읽어 보니, 반항심 섞인 제 마음이 작품에도 표현된 것 같습니다. 비판만으로는 아무것도 이룰 수 없다는 것을 깨달은 지금, 비판했던 것들과 직접 부딪치며 좋은 어른이 되기 위해 노력하고 있습니다.

나의 ·열·여덟은 ·아름답다

능휘

1. 사랑니가 나고 있다

깜빡. 거울 앞에 서서 눈을 깜빡이고 입을 크게 벌린다. 한 달 전부터 왼쪽 아랫잇몸이 많이 아팠다. 혹시나 하는 마음에 입 안을 자세히 들여다보니, 역시나 사랑니가 나고 있다. 당황스럽다. 초경을 한 초등학교 오 학년 때보다 더 당황스럽다. 사랑니가 '성인용'은 아니지만, 왠지 열여덟 살의 내게는 어울리지 않는다는 생각이 든다. 왜 하필 '사랑니'라고 부르는 거지? 누군가 그랬다. '이가 날 때 마치 첫사랑을 앓듯이 아파서 사랑니라고 부른다더라.' 제법 그럴 듯한 설명이었다. 아프다고? 첫사랑을 앓듯이?

입을 다물고 거울을 보니 두 눈이 빨갛게 충혈되어 있다. 깜빡. 깜빡, 깜빡. 눈 깜빡이는 것을 자꾸 깜빡 잊게 된다. 몇 달 전, 안과 의사가 그랬다. "안구가 건조하네요. 눈물이 참 적어요." 눈꺼풀 사이에 끼워 넣은 여과지를 오 분 동안 십 밀리미터도 적시지 못할 정도로 적은 눈물. 그래서 나는 의식적으로 눈을 자주 깜빡여서 눈물을 길어 올려야만 한다. 과학적으로는 별다른 상관관계가 없겠지만, 건조한 눈을 가진 나는 우는 일도 드물다.

"현희야, 무슨 이를 그렇게 오래 닦아! 외갓집 갈 준비 해야지."

"엄마, 나 사랑니 나나 봐."

"그러니? 너희 언니도 요즘 사랑니 난다는데."

엄마에게 내 사랑니는, 내가 태어난 지 칠 개월째 나기 시작한 앞니만큼의 가치도 없다. 엄마, 난 이제 앞니만으로도 살 수 있는 어린애가 아니에요. 나도 이제 어른이 되고 있다고요. 하지만 어쩔 수 없겠지요. 엄마한테 나는 영원히 어린애죠.

2. 외할아버지와 민기

옷을 갈아입고 가족들과 함께 외갓집으로 간다. 문이 열리면 두 살짜리 사촌 동생 민기가 알아들을 수 없는 소리를 지르며 달려 나온다.

"우리 민기, 잘 있었어?"

가족들이 민기와 인사를 하는 동안 나는 거실을 가로질러 안방으로 들어간다. 외할아버지 방.

"할아버지, 저 왔어요."

외할아버지도 민기처럼, 알아들을 수 없는 소리로 대답을 하신다. 가족들이 외할아버지 방으로 들어오고, 나는 거실로 나간다. 민기는 호기심이 가득한 또랑또랑한 눈으로 날 구경한다. 나는 대충 한 번 웃어 보이고 고개를 돌린다. 외할아버지 방에서 나온 가족들은 환한 미소를 지으며 민기 곁으로 모여든다.

외할아버지는 오랫동안, 내가 살아온 세월보다 더 긴 시간 동안 편찮으셨다. 언니가 태어나던 겨울, 눈을 쓸다가 쓰러지셨다지. 내가 나이를 먹을수록 외할아버지는 더 자주 쓰러지셨고, 거동이 점점 더 불편해지셨다. 외할아버지 간호에 지극 정성인 외할머니 얼굴에 그늘이 지는 날도 많아졌다. 그렇게 지쳐 가는 외갓집 식구들에게, 삼촌 아들 민기는 태어나는 순간부터 큰 기쁨이 되었다. 하지만 외할아버지는 그 때부터 소외되기 시작했다. 적어도 내 눈에는 그랬다. 외할머니, 이모, 삼촌 모두 외할아버지 간호에서 손을 떼는 날이 없었지만, 외할아버지는 분명 소외 당하고 계셨다. 민기가 거실에서 뛰놀 때면 외할아버지는 안방으로 들어가 주무시곤 했다. 그렇게 외갓집 안방은 외할아버지 방이 되었다.

가족들이 민기의 재롱을 구경하며 왁자지껄 웃고 있는 동안 나는 슬그머니 자리를 피한다. 방 안에 누워 주무시는 외할아버지, 거실에서 엉덩이를 흔들며 까르르 웃고 있는 민기. 갑자기 그 녀석이 얄밉다. 가을이 되면 낙엽이 떨어져 썩어 버리고, 봄이 되면 파릇파릇한 새싹이 돋아나는 것이 자연의 이치라는 것을 잘 아는데도……. 나는 가끔 자연의 섭리마저 거스르고 싶은 것이다. 점점 더 약해지는 외할아버지의 모습을 볼 수가 없다. 나보다도 어린, 언제나 즐겁고 밝은 민기를 볼 수가 없다. 실은 무엇보다도, 점점 어른이 되어 가는 나를 참아 낼 수가 없다. 열 살 때인가. 외할아버지의 생신 날, '외할아버지 오래오래 사세요.'라고 카드를 쓴 적이 있다. 나는 이제 열여덟, 그 카드를 본 어른들의 표정이 밝지 못했던 이유를 아는 나이가 되었다. 깜빡, 깜빡. 이번에도 의식적으로 눈을 깜빡인다. 그러나 눈물을 만들기 위해서가 아니라, 눈물을 참기 위해서. 깜빡. 또르르 눈물이 굴러 떨어진다.

외갓집에서 돌아오는 길이면 나는 쉽게 피곤해지곤 한다. 너무나 다른 외할아버지와 민기, 그리고 그 사이에 서 있는 나. 이제 막 인생을 시작한 어린 민기의 밝은 생기가 내게는 없다. 나는 마침내 외할아버지만큼 나이를 먹을 것이다. 약해질 것이다. 두렵다. 잇몸이 아프다. 두렵다. 눈을 감아 버린다.

3. 엄마의 어린 딸

언니의 목소리가 들린다.

"현희야. 어? 애 잠들었네. 아, 민기는 자는 모습도 진짜 귀엽던데."

"엄마가 보기에는 현희 자는 모습이 더 귀여운데?"

"에이, 말도 안 돼."

나이를 먹는 것이 두려운 나는 차라리 스톱 버튼을 누르고 남은 평생, 열여덟로 살고 싶다. 엄마는 딸의 성장에 대한 두려움을 조금 더 일찍 느끼신 걸까. 엄마의 작은딸 현희는 열여덟이 되지도 못한 채, 그저 열 살이다.

부끄럽게도 나는 밥을 지을 줄 모른다. 쌀과 물을 얼마만큼 넣고 몇 분간 끓여야 하는지, 약한 불, 중 불, 센 불 중 어느 불에 밥을 지어야 하는지 모른다. 나는 밤에 혼자 자 본 적이 단한 번도 없다. 언니와 같은 침실을 쓰며, 언니가 수련회에 가기라도 하면 엄마 옆에서 자곤 한다. 내가 생각해도 나는 참 덜 자랐다. 혼자서 할 줄 아는 것이 별로 없다. 하지만 시간은 계속 흐르는데, 언제까지나 열 살 어린애로 남을 수는 없다. 엄마는 아직도 밤에 내가 잠이 든 것을 확인한 후에야 마음을 놓고 주무신다. 나만 남겨 두고 외출할 때면 가스 밸브를 잠그고 나가신다. 가끔 어린아이 취급은 그만 해 달라고 말씀드리면 웃어넘기거나 서운해하신다. 엄마, 나도 어른이 되기 싫어요. 그렇지만 어쩔 수 없어요. 엄마의 작은딸은 이번 여름에 주민등

록증을 발급 받았고, 사랑니가 났어요. 엄마의 '어린' 딸은 이제 더 이상 넘어졌다고 해서 울지 않아요. 짝이 책상 중앙에 그어 놓은 선을 넘었다고 해서 싸우지 않아요. 이제는 어떤 남자를 사랑하면서 애태우고 울게 될 거예요. 넓고 험한 세상에서 매일매일 살아남기 위해 팔을 걷어붙이고 싸워야 할 거예요. 엄마의 멋진 아버지가 약한 노인이 되었듯이, 엄마의 철없는 남동생이 한 아이의 아버지가 되었듯이, 엄마의 어린 딸도 어른이 되어야 해요.

4. 인어 공주

나는 어른이 되고 싶은 걸까? 아니. 어린애로 남고 싶은 걸까? 아니, 이도 저도 아닌 '애매한 열여덟'을 사랑하는 걸까? 아닐걸. 열여덟에 대한 이 복잡한 애증. 이어폰을 집어 든다.

······What would I give if I could live outta these waters?
What would I pay to spend a day warm on the sand? ······
Wanderin' free, Wish I could be part of that world······

열여덟의 인어 공주가 노래한다. '······물 밖에서 살 수 있다면 무엇을 주어야 할까? 모래 위에서 따뜻한 하루를 보내려면 얼마를 치러야 할까? 자유를 꿈꾸며, 내가 저 세상의 일부가 될 수 있기를······.' 다른 세상을 꿈꾸던 인어 공주는 결국

물거품으로 사라졌다. 어쩌면 인어 공주 이야기는 방황하는 청소년들을 교화하기 위해 만들어진 것인지도 모른다. '여러분, 열여덟 살에는 누구나 자아 정체성에 대해 혼란스러워하고, 일탈을 꿈꾼답니다. 하지만 위험해요. 여러분의 치기가 결국은 스스로를 다치게 만들 거예요. 그러니 주어진 환경에 만족하며 열심히 살아가야 해요. 알았죠?'

항상 물 밖을 꿈꾸는 열여덟의 인어 공주, 너는 물 밖 세상이 얼마나 답답한 곳인지 모르겠지. 하지만 나는 이 세상을 벗어나겠다고 물속으로 들어가고 싶지는 않아. 물속은 물 밖보다 조금 더 답답할 것 같거든. ……사실 새로운 세상으로 갈 용기가 없다. 열여덟의 나, 물거품이 되어 버리지 않을까. 결국 나는 이 건조한 물 밖 세상에서 하나의 정물이 되어 살아가야 하는 것이다. 물거품보다는, 건조한 정물. 깜빡.

5. 평범함에 절여진 행주

점심을 먹고 이를 닦으면서 거울을 본다. 물에서 방금 건져낸 늘어진 행주처럼 오전 시간을 보냈다. 4, 5, 6교시 수업을 듣고 청소를 하고, 7교시 수업을 듣고 저녁을 먹고, 야간 자율 학습을 하고 집에 가면 하루가 끝날 터였다. 어제도 그랬으니까 내일도 그럴 테지. 지나치게 단조롭다. 오늘은 차라리 귀신이라도 봤으면 좋겠다, 특별한 날이 되도록.

요란스레 행복하지도, 소란스레 불행하지도 않은 나는 평범함에 절여진 채 질식할 것만 같다. '공간의 변화가 제한적'이라는 연극 같은, 그러나 연극처럼 '극적인 사건'은 전혀 없는 나의 열여덟. 무색무취의 물풀 같은 나의 열여덟.

갑자기 너무 힘들다. 열여덟은 참 버겁다. 칫솔을 쥔 손에 힘이 들어가 잇몸이 아프다. 대체 사랑니 따위는 왜 생기는 걸까? 어금니로도 충분히 살아갈 수 있는데. 대체 열여덟 살 따위는 왜 존재하는 걸까? 열다섯 살에서 스무 살로 건너뛸 수는 없을까? 난 분명 성장해야 하는데, 날 성장하게 만드는 것은 없다. 그 많은 교과서들도, 그 두꺼운 문제집들도 날 자라게 하지는 못한다. 세월이 약이라는 말을 믿어야 하나? 사랑니 자라듯 나도 서서히 자랄까? 이렇게 심심하게 살다 보면 나는 어느샌가 자라 있을까? 어린애 취급 받는 것도 싫고, 단조롭고 평범한 열여덟에 머무는 것도 싫고, 어른이 되어 넓은 세상으로 나가는 것도 싫고, 어쩐다?

괜찮을 거야. 물기를 닦아 내며 중얼거린다. 물에서 건져 낸 늘어진 행주 같던 나는 어느새 고온에서 삶아 낸 잘 말린 행주가 되어 있다. 가끔 '괜찮아'라는 말이 더 안 괜찮을 때가 있지만, 아직은 괜찮아. 어떻게든 어른이 되어 넓은 세상 속에서 자연스럽게 살아가게 되겠지.

6. 첫사랑 얘기 해 주세요

그 길던 여름이 지나고, 날씨가 추워졌다. 오랜만에 긴팔 블라우스에 팔을 끼워 넣는 아침, 잇몸이 너무 아프다. 거울을 보니 잇몸이 갈라져 피까지 난다. 사랑니는 아파. 그래, 첫사랑만큼이나 아파.

"자, 애들아! 빨리 책 펴! 오늘 어디 배울 차례지?"
"선생님, 오늘은 제발 얘기해 주세요!"
우리들은 지난봄부터 사회문화 시간마다 선생님에게 첫사랑 얘기를 해 달라고 조르고 있다. 다른 과목 선생님들의 첫사랑 얘기는 이미 4, 5월에 들었으니까. 선생님들의 첫사랑 이야기를 들을 때마다 나는 걱정이 된다. 이다음에 누군가 내게 첫사랑 이야기를 해 달라고 조르면 나는 무엇을 이야기해야 하나.
이야기는 일단 이렇게 시작한다. "내 첫사랑은 열네 살 때였던 것 같아. 여중에 다니던 내가 또래 남자 아이를 볼 수 있는 장소는 딱 한 군데였어. 버스 정류장." 그 다음엔 무엇을 이야기해야 하지? 사실 '처음부터 완벽한' 추억이란 건 없다. 단지 시간이 지남에 따라 조금씩 완벽해지는 것일 뿐. 덜 유쾌한 부분은 지워 버리고, 흉한 부분은 아름답게 덧칠하고. 그렇게 숱한 편집을 거듭한 후에야 비로소 '그럴듯한' 추억이 되는 것이다. 내 첫사랑 이야기도 그럴듯하게 다듬어 볼까? 아니. 많은 이야기를 하고 싶지는 않다. 그저 몇 마디면 충분할 것 같다.
"겨울에 눈이 내리면 쌓인 눈을 뭉쳐서 쥐고 있어 봐. 잠시 후 손을 펴 보면 눈은 그 흰색을 잃고 투명하게 변해 있을 거야. 나도 그랬어. 그 사람이 날 잡았다가 놓았을 때, 내 지난 십사 년간의 색이 완전히 변해 있었어."

그리고 이야기는 다음과 같이 끝날 것이다.

"글쎄. 짝사랑은 사랑이라고 볼 수 없는 건가? 게다가 고작 열네 살이었으니, 첫사랑이라고 하기에는 너무 시시해. 첫사랑 이야기는 나중에 해 줄게."

매사 중심이 되려고 하던, 떠들썩하고 가볍고 얕던 나의 색은 열네 살에 한 사람으로 인해 사라졌다. 내 뜻대로 되지 않는 일이 생기면 울어 버리던 내가, 눈물이 적은 건조한 사람이 된 것도 그 때였다.

난 너에게 참 고마워. 그 땐 몰랐는데, 그 사소한 순간들이 날 많이 바꾸어 놓았더라. 그럴싸한 연애를 한 것도 아니고, 내 마음을 송두리째 빼앗긴 것도 아니고, 어떻게 보면 사랑이라는 심각한 단어를 쓰기가 참 버거워. 하지만 네가 내 '사랑'이었는지 아닌지는 중요하지 않아. 넌 나의 색을 바꾼 첫 번째 사람이야. 살다 보면 나의 색이 바뀌는 일이 또 일어나겠지. 어떤 색을 띠며 살게 되든, 어떤 사람이 나의 색을 바꾸어 놓든, 네가 내게 주었던 그 색을 기억할게. ……잘 지내지?

어쨌거나 우리는 오늘도 사회문화 선생님의 첫사랑 이야기를 듣는 대신, 문화의 속성에 대해 공부한다.

열여덟의 건조한 나는 사 년 전의 이야기들을 잊어 가고 있다. 어린 시절의 설렘은 조금만 거칠게 다루어도 부서져 버리는 아주 오래된 종이처럼, 낡아 버렸다.

7. 방금 제 사진 찍으셨어요?

날씨가 좋은 토요일. 수업이 끝난 후 버스를 타고 집으로 가다 말고 충동적으로 벨을 눌러 독립문 공원에서 내린다. 사람이 별로 없는 조용한 곳으로 간다. 비어 있는 벤치에 앉아서 시집을 읽는다. 이어폰에서 흘러나오는 빠른 비트의 노래가 평화로운 분위기를 깨는 것 같아 볼륨을 줄인다.

슬프다

내가 사랑했던 자리마다

모두 폐허다

찰칵!

응? 고개를 든 나는 삼십 미터쯤 앞에서 나를 바라보는 카메라 렌즈와 눈이 마주친다. 한 남자가 당황스러운 표정을 지으며 천천히 걸어온다.

"방금 제 사진 찍으셨어요?"

"……네. 죄송해요, 함부로 찍어서. 기분 나쁘시면 이 필름 드릴게요."

그가 진심으로 미안한 표정을 짓자 오히려 내가 더 미안해진다.

"아, 아니에요. 그냥, 좀 놀라서……. 왜 찍으신 거예요?"

"벤치에 앉아서 책 읽는 모습이 보기 좋기에……."

그의 시선이 내 손에 들린 시집에 머문다.

"황지우의 「뼈아픈 후회」라. 왜 그런 시를 읽어요? 안 어울리게."

"뭐가 안 어울린다는 거예요?"

"시인이 걷잡을 수 없는 정신적 공황 상태를 겪고 난 후, 삶에 대한 회한과 자기 부정을 승화시킨 작품이라고 배웠는데……. 지금 몇 살이죠?"

"열여덟이요."

"열여덟은 꿈과 이상에 부풀어 있어야 할 나이 아닌가요? 회한과 자기 부정보다는."

낯선 사람에게 사진을 찍혔다. 낯선 사람과 대화를 시작했다. 낯선 사람에게 내 나이를 알려 주었다. 그것도 모자라, 낯선 사람에게 정곡을 찔렸다.

"몇 살이시죠?"

"저요? 스무 살이요."

"그럼 열여덟 살 때 감정이 아직 조금이라도 기억나겠네요. 열여덟 살 때 정말 그랬어요? 꿈과 이상에 부풀어 있었어요?"

"글쎄요. 항상 희망이 가득했던 건 아니지만, 적어도 정신적 공황 상태는 아니었지요."

내가 이상한 거였구나. 다른 사람들은 열여덟을 '무사히' 보내는구나. 나만 열여덟을 앓고 있구나.

잠깐 앉아도 될까요, 하며 그가 벤치에 앉는다.

"고민거리 있어요? 친구랑 싸웠다거나, 부모님이 잔소리를 심하게 하신다거나. 열여덟엔 보통 그런 일로 고민하잖아요."

내겐 그런 고민조차 없다. 나는 병신과 머저리 중 머저리에 더 가까운 사람이다. 상처를 알 수 없는 고통, 이유를 알 수 없는 두려움.

"고민이 없어서 더 고민인가 봐요. 내가 하는 고민은 지극히 추상적인 것들, 이를테면 나이를 먹는 것이 싫다든지, 더 넓은 세상으로 나가는 것이 무섭다든지 하는 것들이거든요."

"주변 사람들하고 이야기해 봤어요?"

"부모님은 제가 아직 너무 어리다고 생각하세요. 전 어른이 되기 싫지만 철부지 어린애 취급을 받는 것도 싫어해요. 그리고 친구들은 다들 빨리 대학생이 되고 싶어 하고요."

"대학생이 되기 싫어요?"

"네. 정확하게 말하면, 고등학교를 졸업하기가 싫어요."

"학교를 굉장히 좋아하나 보네요."

"그렇다기보다는……. 제가 다니는 '특수 목적 고등학교'에 모인 약 육백 명의 학생들은 다들 참 비슷해요. 자라온 환경, 생활 방식, 가치관, 꿈……. 나이를 먹을수록, 넓은 세상으로 나갈수록 나와 다른 사람들을 많이 만나게 될 텐데, 잘 적응할 수 있을지 걱정돼요. 난 이미 너무 좁은 사람이 되었으니까."

"그래서 닮은 사람들끼리 모인다는 건 축복받은 일인 동시에 저주받은 일이기도 하죠."

"별것도 아닌 것 같은 이런저런 이유들 때문에, 세상으로 나가는 것이 무서워요."

그는 진지한 표정으로 내 이야기를 듣고 있다. 비둘기 한 마리가 푸드득거리며 지나가는 순간 나는 정신을 차린다. 내가 왜 낯선 사람에게 이런 이야기를 하고 있는 거지?

"가 봐야겠네요."

"잠깐만요. 다음번에 또 만나면 세상이 왜 무서운지, 뭐가 고민스러운지 더 얘기해 줄 수 있어요? 내가 도와줄 수 있는 부분이 조금이나마 있을 것도 같아요. 그리고 혼자 고민하는 것보다는 누군가에게 얘기하는 것이 더 후련하지 않겠어요?"

나는 낯선 사람을 믿는가? 아니.

"다시 못 만날 것 같은데요."

"다시 만날 것 같은데요? 난 매주 토요일마다 이 공원에 나오니까."

그는 의미 있는 웃음을 지어 보인다. 가볍게 고개를 숙이며 일어나는 내게 그가 마지막으로 한마디를 한다.

"난 류지완이에요."

"전 이현희예요."

이름을 말하고 돌아서며 바로 후회한다. 내가 도대체 왜 이러지? 그런 얘기는 왜 꺼냈고, 이름은 왜 가르쳐 준 거야? 이상한 실수 많이 했네. 하지만 뭐, 또 볼 사람은 아니다.

8. 단풍 색깔

다시 토요일이 되기까지 여러 가지 일들이 있었다. 하지만 열여덟의 내게 일어나는 그 모든 사건들은 식용 색소에 불과하다. 물에 식용 색소를 섞으면 빨강, 노랑, 파랑, 초록, 다양한 색의 음료수를 만들 수 있다. 하지만 그 어떤 색소도 물의 성질을 바꿀 수는 없다. 내게 일어나는 사소한 사건들도 하루치의 새로움과 다양함을 선사할 수는 있지만 내 단조로운 열여덟을 바꿀 수는 없는 것이다.

토요일, 아침에 눈을 뜰 때부터 마음이 불안하다. 지난 토요일, 독립문 공원에서 나는 왜 무방비 상태였는가. 가장 친한 친구에게조차 "넌 아무리 친해져도 더 이상 넘어갈 수 없는 경계선을 가진 것 같아."라는 말을 듣던 내가, 왜 그리 쉽게 내 마음을 보여 주었던가.

"이번 정류소는 독립문 공원입니다."

하지만 오늘은 아니다. 나는 버스 의자에 좀 더 깊숙하게 앉는다.

집에 도착하니 엄마는 전화 중이시다. 표정이 어둡던 엄마는 전화를 끊고 한숨을 쉬신다. 듣지 않아도 알 수 있다, 외할아버지에 관한 이야기라는 것. 하지만 듣고 나니 예상보다 훨씬 더 심각한 상황이다. 외할아버지가 또 쓰러지셨고, 거동을 못하신단다. '비현실적인' 나는 뭔가 차오르는 눈을 바쁘게 깜빡이기 시작한다. '현실적인' 언니는 외할머니께서 어떻게 감당하느냐고, 병원을 알아보자고 한다. 또다시 언니와 싸우고 싶지는 않다. '너는 아직 어려서 비현실적이고 감정적으로만 생각한다, 외할아버지 당신께도 이런 삶은 무의미하다'는 말을 듣고 싶지 않다. 눈물을 보이고 싶지 않다.

"어? 현희야, 어디 가?"

"이번 정류소는 독립문 공원입니다."

나도 모르게 이 곳에 와 버린다. 무작정 지난번에 앉았던 벤치로 향한다. 누군가, 아니, 류지완이라는 사람이 앉아 있다. 살짝 웃는 그에게 일방적으로 이야기를 시작한다.

"20년 동안 아파 온 사람이 있어요. 처음부터 심각했던 건 아니에요. 손녀딸을 업을 수 있었고, 일본어를 할 줄 알았죠. 하루에 한 번씩 남산 공원에 산책을 나가기도 했고요. 그 사람이 세상에서 가장 예뻐한 사람은 작은 손녀딸이었어요. 손녀딸이 자라날수록 그 사람의 발음은 조금씩 부정확해지기 시작했어요. 더 이상 산책을 나가지 않았고, 뉴스를 볼 때 한마디도 하지 않게 되었어요. 하지만 작은 손녀딸을 볼 때면 말없이 활짝 웃었고, 손녀딸의 머리를 쓰다듬어 주고 어깨를 토닥여 주었죠. 그런데 손녀딸이 고등학생이 되던 해부터 그는 더 이상 머리를 쓰다듬어 주지 못했어요. 열여덟 살이 된 손녀딸이 어버이날에 카네이션을 내밀었을 때 그 사람은 웃어 보이지도 못했어요. 작년까지만 해도 무척 기뻐하며 카네이션을 하루 종일 들고 있었는데 말이에요. 어제 그 사람은 또 쓰러졌고, 이제는 거동을 못한대요. 어떻게…… 생각해요……?"

그 사람의 표정이 복잡해진다. 날 바라보는 그의 눈이 슬퍼 보인다.

"그래요. 그 사람에게도, 그 사람 가족에게도 참 힘든 인생이에요. 하지만 그렇다고 해서…… 살아 있는 사람을 보고…… 차라리 빨리 돌아가시는 게 낫겠다고…… 그런 생각을 하면…… 안 되는 거잖아요……."

눈을 깜빡일 새도 없이 눈물이 얼굴을 덮는다.

"나도 할아버지 아픈 거 싫어요. 보고 있는 나도 너무 아프고 힘들어요. 그런데도……."

그가 말없이 가방에서 휴지를 꺼내 내민다. 눈물이 더 난다.

얼마를 울었을까.

"괜찮아요?"

"……네. 죄송해요, 놀라셨죠."

"괜찮아요."

"안 믿으시겠지만, 전 눈물이 적어요. 그런데 외할아버지만 생각하면 자꾸 눈물이 나요."

그는 아무 말 없이 고개를 끄덕인다.

"살아 있는 사람의 하루가 죽은 사람의 평생보다 더 힘들 수도 있다는 사실이 이해가 안 가요. 그리고 불가능한 일이란 걸 알지만 가끔은 내 삶의 일부를 떼어 할아버지께 드리고 싶어요. 내가 가치 없게 보내 버리는 시간 동안에라도 할아버지가 건강하셨으면 좋겠어요."

다른 사람에게 내 고민이나 슬픔에 대해 이야기한 지도 한참이나 지났다. 어린 시절, 아주 가벼운 고민 상담이었음에도 불구하고 그것들을 통해 내가 어렴풋이 깨달은 사실은 '고통은 나누어 가질 수 없다'는 것이었다. 대부분의 사람은 타인의 슬픔에 대해 들을 때 연민을 느낀다. 네가 지금 그런 슬픔을 겪고 있구나, 참 힘들지? 하지만 난 이렇게 큰 슬픔을 가지고 있단다. 네가 가진 슬픔은 아주 미미한 거야. 그러니까 힘내! 연민. 상대방에 대해서가 아닌, 스스로에 대한 연민. 그런 거짓된 연민이 너무 싫다. 하지만 류지완이라는 사람은 달라 보인다. 자신에 대해서가 아니라 나에 대해 연민을 느끼고 있다. 내 슬픔을 측정하기보다는 이해하려 하고 있다.

"힘들겠지만, 앞으로는 외할아버지를 생각할 때마다 웃어 봐요."

"네?"

"외할아버지가 세상에서 가장 예뻐하는 작은 손녀딸이잖아요. 누군가에게 '세상에서 가장 예쁜 사람'이 된다는 거, 쉬운 일은 아니거든요."

맞는 말이었다. 엄마, 아빠도 세상에서 가장 예쁜 사람이 나

150

라고 말씀하시지는 못한다. 언니가 있으니까. 하지만 외할아버지에게 있어 세상에서 가장 예쁜 사람은 나다. 그런 식으로 생각할 수도 있구나, 나는 부은 눈으로 조금 웃는다.

"고마워요. 그래 볼게요."

그가 가방에서 카메라를 꺼낸다. 찰칵! 조금씩 물들고 있는 나뭇잎이 그의 카메라에 담긴다.

"가을에 단풍 든 나무 보면 참 예쁘죠?"

"네."

"난, 사람도 그렇다고 믿고 싶어요. 나이를 먹을수록 파릇파릇한 젊음은 사라지지만, 대신 깊이 있는 색깔의 인생을 살 수 있다고."

"나이 먹는 것을 두려워하지 말라는 뜻이죠?"

고개를 끄덕이며 웃는 그에게서는 내게 없는 색깔이 언뜻 보인다. 이제 막 들기 시작한 어렴풋한 단풍 색깔. 열여덟을 지나면 나도 저 사람만큼 자랄 수 있을까. 단풍 색깔을 가질 수 있을까, 아직 철없이 온통 파랗기만 한 나는.

"필름 카메라 쓰시네요. 취미가 사진 찍기예요?"

"글쎄요. 이해할 수 없겠지만, 내가 왜 사진을 찍는지 나도 잘 모르겠어요. 올해 3월, 사진을 찍어야겠다는 생각이 갑자기 들더라고요. 그래서 매주 토요일, 여기 나와서 이것저것 찍고 있어요."

주머니에서 진동이 느껴진다. 부재중 전화 세 통. 갑자기 집을 나가 버린 날 찾는 엄마의 전화다. 엄마의 어린 딸은 이제 집으로 돌아갈 시간이다.

"오늘 정말 고마웠어요. 휴지 잘 썼고요. 그리고…… 다음부터는 그냥 말 놓으세요."

돌아서는 순간, '잠깐, 다음부터는?' 나는 나도 모르게 류지완이라는 사람에게 '다음'을 기약한 것이다. 사실 나는 내 슬픔을 보여 줄 사람이 필요했던 걸까…….

9. 거미 다리의 숙명

해가 지기 전에 집으로 올 수 있는 행복한 수요일이다. 집에 가서 공부해야지. 정석, 교과서, 문제집을 가방 가득 쑤셔 넣는다. 하지만 그토록 힘들게 짊어지고 온 것들 중에 공부하는 과목은 막상 몇 권 되지 않는다. 그 많은 책들을 한 번도 펼쳐 보지 않은 채 다음 날 고스란히 학교에 가져가는 것이다. 오늘은 그러지 말아야지, 수요일마다 하는 다짐을 오늘도 어김없이 또 한다.

일단 목부터 축여야지. 시원한 우유를 마시며 발코니로 나간다. 참, 그 거미들은 어떻게 되었을까? 여름이 끝나 갈 무렵 우리 집에 세 들어 살기 시작한 거미. 맨 처음 그 녀석을 발견한 사람은 엄마다. 일요일에 늦잠을 자는 나를 깨우며 "현희야, 우리 집 창 밖에 거미가 있어!"라던 엄마의 다급한 목소리가 아직도 생생하다. 몸통 길이가 손가락 두 마디 정도 되는 큰 거미였다. 게다가 노랑과 검정, 빨강이 어우러진 묘한 줄무늬를 가진 녀석이었다. 대체 7층까지 어떻게 올라온 걸까. 엄마와 언니는 징그러우니 거미줄을 걷어 버리자고 했고, 아빠와 나는 어차피 창 밖에 있으니 그냥 내버려 두자고 했다. 그 결과 거미는 십칠 인치 모니터만큼 넓은 집을 지었고, 나는 틈나는 대로 그 녀석을 관찰 중이다. 그런데 며칠 전 분홍과 검정 줄무늬에 크기가 조금 작은 또 다른 거미가 나타났다. 두 마리가 아직도 함께 사이좋게 살고 있는지 궁금해진다. 와, 두 마리 모두 거미줄에 붙어 있다. 그러나 자세히 보니 분홍과 검정 줄무늬 거미의 몸이 너덜너덜하다. 몸통만 먹힌 것이다! 우유를 뱉어 내고 싶어진다. 이미 먹혀 버린 몸에 다리 여덟 개는 그대로 남아 거미줄에 매달려 있다니.

죽어서도 거미줄을 놓지 못하는 거미 다리의 숙명이 소름끼치게 무섭고 안타깝다. 그리고 어쩌면 내가 사는 하루하루도 저런 모습일지 모른다는 생각이 든다. 나는 이미 습관이 된 일과에 맞추어 시간을 그럭저럭 보내지만 내가 무엇을 원하는지, 무엇을 해야 하는지, 심지어 내가 제대로 살고 있는 건지 아닌지조차 모른다. 어린 시절에는 열여덟 살이 되면 아주 멋지고 보람 있는 인생을 살게 될 줄 알았는데, 지금 나의 열여덟은 몸통 없이 거미줄에 들러붙어 있는 거미 다리와 다를 게 없다. 좋은 성적을 받아야 해. 좋은 대학에 가야 해. 여성 지도자

가 되어야 해. 21세기를 이끌어 나가야 해. 그래야 한대, 그런
가 봐, 그렇게 되어야 할 텐데. 하지만 몸통 없이 다리만 남은
거미가 무엇을 할 수 있을까.

중학교 시절 삼 년간 '모범생'이었기에 고등학교에 쉽게 올
수 있었다. 하지만 막상 이 학교에 온 뒤 나는 주먹 쥔 손을 펴
버렸다. 남들이 열심히 해야지, 굳은 다짐을 하며 주먹을 불끈
쥘 동안 나는 손을 펴 버린 것이다. 나와 같은 학교 출신인 언
니가 성적 얘기를 꺼낼 때면 약이 올라 빈정거렸다. "언니가
고등학교 삼 년 동안 건진 건 그 우수한 성적표 한 장밖에 없잖
아." 하지만 고등학생에게는 성적표 한 장이 전부일 때가 많다
는 것을 나도 알고 있다.
성적뿐만 아니라 모든 일이 그랬다. 반장, 부반장이 되고 싶
은 생각도 전혀 없었고 특별한 활동을 하겠다는 의욕도 없었
다. 그나마 글을 써야겠다는 생각에 동아리 시험을 보고 문예
부에 들어갔지만, 일 년 동안 내 모든 것을 연필 끝에 실어 써
내려간 '작품'은 하나도 없었다. 그저 유명 작가들이 써 놓은
책을 읽으며 훌륭한데, 대단한데, 감탄만 했을 뿐. 모든 의욕과
열정을 잃은 나는 대체 어떤 거미에게 내 몸통을 잡아먹혔던
것일까. 열여덟이 다 지나가 버리기 전에, 내 몸에 새살이 돋는
다면 좋을 텐데.
그런 쓸데없는 생각을 하느라 정석을 가방에서 꺼내지도 않

는다. 오늘도 역시. 수요일은 항상 이 모양이다.

10. 양치기 소년을 위하여

"엄마, 오늘 좀 늦게 올 것 같아."

"오늘 동아리 활동하니?"

"아니, 그건 아닌데…… 학교에 남아서 자습할 것 같은
데……. 어, 늦었다! 다녀오겠습니다!"

엄마, 죄송해요. 하지만 일주일에 한 번은 다른 사람에게 내
이야기를 하고 싶어요. 날 잘 모르지만, 이해해 주는 사람에게.

"왔어요? 아…… 왔어?"

벤치에 앉아 있던 그가 벌떡 일어난다.

"외할아버지는 좀 어떠서?"

희미하게 고개를 젓는다. 외할아버지를 생각할 때마다 웃어
보려고 했는데, 아직은 힘들다. 재빨리 다른 얘기를 꺼낸다.

"어렸을 때 장래 희망이 뭐였어요?"

"초등학교 이 학년 때까지는 축구 선수였고 육 학년 때까지
는 경찰이었고 중학교 때는 과학자였고…… 계속 바뀌던데.
넌?"

"구체적인 직업은 아니지만, 어렸을 때부터 간직한 추상적
인 소망은 하나 있어요."

그의 눈에 궁금증이 가득해진다. 망설이다 겨우 이야기한다.

"문학……."

"문학? 문학을 하겠다고?"

"뭐, 소설가가 되겠다거나 하는 건 아니에요. 그 정도 재능은 없다는 거 잘 아니까. '네가 감히 문학을 하겠다고?' 하는 생각도 들고……. 어떤 직업을 가지고 살게 되든 항상 글을 쓸 수 있으면 좋겠다는 것뿐이에요. 그런데 요즘은 그런 소망도 사그라지고 있어요."

"천부적인 재능이 있어서 소설가가 된 사람이 얼마나 되겠어? 천재는 일 퍼센트의 영감과 구십구 퍼센트의 노력으로 만들어진다잖아. 소설가가 되는 것도 괜찮을 것 같은데."

"모르겠어요. 문학을 하는 사람들은 다들 어딘가 병들어 있는 것 같다는 생각도 들고."

"그건 또 무슨 뜻이야?"

"신동집이라는 시인을 생각해 봐요. 그 사람과 이름이 비슷한 누군가는 개그맨이 되어 항상 허허 웃고 다니잖아요. 그런데 그 시인은 고작 오렌지 하나 가지고도 '포들한 껍질'이니 '참잘한 속살'이니, 마땅히 그런 오렌지만이 문제가 되느니 어쩌느니 심각하잖아요. 그리고 남들이 그 시의 의미를 제대로 이해하기나 하나요? 평론가는 자기 마음대로 별 몇 개를 달아 주고 이러쿵저러쿵 주석을 붙이죠. 자습서에는 '모범 해설'이 실리고, 학생들은 '이게 대체 뭔 소리야?' 투덜대면서도 시험을 위해 자습서를 외우고……."

"다른 사람들이 널 이해하지 못할까 봐 두려운 거야?"

"내 진심이 왜곡될까 봐 두렵죠. 그리고 나와 같은 것을 느끼고 이해해 줄 사람이 없다면 글로 써 봤자 뭐 해요. 그건 너무 외롭잖아요."

그가 고개를 끄덕인다.

"글을 쓰는 것도, 음악을 만드는 것도, 춤을 추는 것도 다 외로운 일이지. 하지만 외롭더라도, 외로운 사람들을 위한 글을 쓰다 보면 덜 외롭지 않을까?"

외로운 사람들을 위한 글? 그런 글은 생각해 본 적이 없다. 어디서 읽은 글인데 말이야, 하며 그가 이야기를 들려준다.

가장 크고 빛나는 별이, 양치기 소년의 주검을 향해 말했죠.

"너는 곧 교훈이 될 거야. 거짓말에 재미를 붙이면, 기어코 혹독한 대가를 치르게 된다는 교훈. 그건 그렇고, 궁금한 게 하나 있어. 어째서 그런 짓을 한 거지?"

"그냥, 심심해서. 너라면 안 그랬겠어? 허구한 날 보이는 거라곤 푸른 하늘과 역시 푸른 땅, 그리고 하얗거나 검은 구름과, 언제나 하얗게만 징징대는 양들뿐이었어. 외로워서. 아무도 날 찾아와 주지 않아서. 근데 내 죽음의 교훈이 기껏, 거짓말을 일삼지 말라는 거라고? 수정해 봄이 어떨까? 거짓말쟁이가 될 정도로 누군가를 고독하게 만들면, 이런 불행한 일이 생긴다는 걸로."

"문학이란 이러저러해야 한다는 당위성 따위는 세상에 없어. 하지만 양치기 소년처럼 외로운 사람을 위한 문학은 꼭 필요하지 않을까?"

나 외로운 것만 알고 나 아픈 것만 아는 내가, 다른 사람의 마음을 위로해 주는 멋진 글을 쓸 수 있을까요. 내가 소설가가 되고 내가 쓴 책이 베스트셀러가 될 수 있을까요. 그럴 자신은 없어요. 하지만 어떤 직업을 가지고 살게 되든 간에 항상 글을 쓸 수 있으면 좋겠어요. 양치기 소년을 위하여, 그와 내가 가진 외로움을 달래기 위하여.

11. 도마뱀

"요즘 사랑에 빠지더니 더 예뻐지네?"

같은 반 친구 예은이가 농담을 던진다. 내가 K선생님을 좋아하는 것을 놀리려고 한 말이겠지만, 나는 순간 머릿속으로 류지완, 그 사람을 떠올린다. 그 누구에게도 이야기하지 않은, 나 혼자 알고 있는 특별한 사람. 하지만 사랑이라는 단어 앞에서 나는 고개를 세차게 흔든다. 그저 일주일에 한 번 만나 대화를 나누는 사람일 뿐이야, 사랑은 무슨.

야간 자율 학습을 마치고 집으로 돌아와 신문을 넘기고 있는데 핸드폰이 울린다. 늦은 시간에 누구지? 게다가 내 핸드폰에 저장되어 있지 않은, 그런데 어디서 많이 본 듯한 번호다.

갑자기 기분이 나빠진다. 혹시······.

"여보세요?"

"저······ 현희니?"

한때 굉장히 익숙했던, 지금 다시 생각난 목소리. 기분 나쁜
예감은 적중했다.

"아닌데요."

"······죄송합니다."

힘 빠진 손으로 재빨리 전화를 끊는다. P였다. 좋은 친구라
고 생각했건만 '사귀자'는 말을 꺼내 나를 실망시킨 아이였다.

"그냥 친구로 지내면 되잖아. 왜 사귀자고 해?"

"좀 더 특별한 사이가 되고 싶으니까."

"솔직히 우리 나이에 사랑한다, 사귀자, 이런 말 진짜 안 어
울린다고 생각해."

"왜 그렇게 심각하게 생각해? 내가 사귀자고 했지, 결혼하
자고 했어?"

그런 식의 대화가 몇 번 오간 뒤 P는 나와 연락을 끊었다. 나
는 미안해서, 친구 관계를 이어가고 싶어서 P에게 연락을 했지
만 철저하게 무시당했다. P는 그런 식으로 "현희야, 내가 정말
잘해 줄게."라던 말이 무색할 만큼 내게 상처를 줬다. 글쎄, P
의 입장에서 생각하면 내가 상처를 준 것이겠지만. 그렇게 쉽
게 달라지는 아이에게 더 이상 애걸복걸하고 싶지 않아 나도
연락을 끊었다. 벌써 삼 년 전 이야기인가?

이제 와서 다시 연락하는 이유는 뭐니. 게다가 이 늦은 밤에 전화하는 심리는 뭐니. P를 생각하다 보니 한 명이 더 떠오른다. 작년에 알게 된 L 역시 좋은 친구였다. 처음에는 그랬다. 하지만 '사귀자'는 말을 정말 싫어하게 된 내게 그 말을 던진 L은 P와 다를 것이 없었다. 나는 P에게 했던 말을 그대로 반복해야 했다. 그러자 L은 P와 똑같은 말을 했다. "뭐가 그렇게 심각해? 일단 사귀어 보자."

그들이 보기에 나는 아마 '내외가 심한 조선 시대의 처녀'가 아닐까. 아니면 '뼛속까지 범생', 아니면 '남자기피증 환자'쯤 되겠지. 하지만 나는 그들이 꺼내는 '사귀자'는 말의 가벼움이 너무 싫다. 그들은 그런 말을 했다. "쉽게 하는 말 아니야. 한참을 고민했어, 난 진지해."라고. 정말 진지하게 날 좋아했다면, 친구로 지내자는 내 부탁 아닌 부탁을 어떻게 그렇게 쉽게 무시할 수 있니. 하루아침에 갑자기 연락을 끊고 모르는 사람인 척할 수 있니. 친구들에게 나에 대한 이야기를 거짓되게 퍼뜨릴 수 있니.

기억하고 싶지 않은 일들인데 기억나 버려서 마음이 답답하다. 난 왜 사람 대하는 법을 알지 못했을까. 왜 그들에게 상처를 주고, 난 더 큰 상처를 받아야 했을까.

또 다른 생각이 꼬리를 문다. 철없던 초등학교 시절, 나는 소위 리더 행세를 했고 친구가 참 많았다. 우리는 우정을 기념한답시고 '우정 반지'를 나누어 가졌다. 교환 일기를 쓴 적도 있다. 우리 그룹 아이들 중에 마음에 안 드는 행동을 하는 아이가 있으면, 그 우정은 깨어지고 그 아이는 내쳐졌다. 하지만 며칠 뒤 그 아이가 우리에게 사과를 하면 받아 주고 다시 우정을 시작했다. 내가 그런 나쁜 아이였다는 사실은 엄마, 아빠조차 모르시겠지. 아무리 어렸다지만 어떻게 그런 식으로 친구를 사귀었을까. 지나치게 얕고 가벼운 인간관계. 나 자신의 행동을 경멸하게 된 것은 열네 살 때, 누군가를 좋아하게 된 후였다. 사랑을 받는 것에만 익숙했지 주는 법을 몰랐던 나는 '아픈 만큼 성숙한다'는 말대로 많이 자랐다.

하지만 그 부작용일까, 누군가와 '특별한 사이'가 되는 것을 나도 모르게 거부하는 것은. 참 특별하다고 느꼈던 우정 반지가 지금 생각하면 정말 부끄러운 것으로 기억되는 것처럼, 특별하게 맺은 인간관계가 시간이 흐르면 후회로 남지는 않을까 걱정하게 되었다. 누군가 '우정'이나 '사랑'이라는 이름으로 위장한 채 나를 구속하려고 할 때, 꼬리를 붙잡히면 제 꼬리를 자르고 도망치는 도마뱀처럼, 나는 내 마음을 자르고 도망쳐 버린다. 의심 많은 도마뱀아, 언제쯤 돼야 다른 사람을 믿고, 도망치지 않을 거야? 평생 아무도 사랑하지 않고 혼자 도망만 다닐 거야?

12. 선인장도 물이 필요하다

벤치 옆에 서서 사진을 찍던 그가 날 보고 손을 흔든다. 벤치에 앉자 그가 내 얼굴을 가만히 들여다본다.

"……왜요?"

"왜 이렇게 시들었어?"

어제 잠을 잘 못 잤더니 피곤하기는 한데, 티가 많이 나나? 그의 걱정스러운 표정에도 불구하고 나는 피식 웃는다.

"왜 웃어?"

"시들었다는 말이 마음에 들어서요."

당신이 맞아요. 난 참 많이 시들어 있어요. 하지만 당신을 만나기 전에는 지금보다 훨씬 더 건조했는걸요. 내 선인장처럼 말라 가고 있었던걸요.

"선인장 길러 본 적 있어요?"

"그럼. 근데 물을 자주 줘서 그런지 매번 죽어 버리더라. 많이 준 것 같지도 않은데……."

"내가 일 년 전부터 기르던 선인장도 얼마 전에 죽었어요."

"물 많이 줬구나?"

고개를 젓는다.

"물을 너무 안 줘서, 말라 죽었어요."

"……."

"선인장이 말라 죽을 수도 있다는 거 처음 알았어요. 내가 그토록 메말라 있다는 것도 처음 알았고요."

건조한 사막에서 온 선인장을 말려 죽일 만큼 건조해진 내가 무서워요, 불쌍해요.

162

"난 하루 열다섯 시간은 갇혀 있고 여섯 시간은 의식을 잃고 누워 있어요. 내게 남는 건 고작 세 시간뿐인데, 그 시간 동안 선인장 말고도 돌봐야 할 것들이 너무 많아요. 그래서 선인장은 강하니까 내버려 두어도 괜찮을 줄 알았어요."

내가 내버려 둔, 그래서 말라 죽은 선인장이 얼마나 많은지 헤아려 본다. 정말 소중했던, 그러나 작년부터 연락이 끊긴 옛 친구. 중학교 때 참 좋아했던, 고등학교에 와서는 한 번도 읽지 않은 책. 아직 시디플레이어가 등장하지 않은 시절에 매일같이 듣던, 지금은 어디에 있는지조차 모르는 카세트. 매일 작은 글씨로 빽빽하게 메웠던, 언제부턴가 텅 빈 백지 상태가 되어 버린 일기장.

매일 얼굴을 대하는 사람들, 지금 당장 필요한 물건들, 그런 것들에게만 신경을 쓰며 살기에도 바빠. 나는 바빠. 그런 핑계로 선인장을, '선인장들'을 말려 죽이고 나 자신마저 시들어 가고 있을 무렵, 당신을 알게 된 것이다. 당신은 시들어 가는 내게 물을 주고 있다. 하지만 내게 물을 주는 당신 역시 선인장을 죽게 한 사람이었다. 선인장에게 너무 많은 물을 준 사람. 어쩌면 당신은 내게도 너무 많은 물을 줄지 모른다.

"중학교 때 삼투압과 역삼투압에 대해서 배운 적이 있어요. 조숙했던 건지, 삼투압 작용에 관한 실험을 하다 말고 사랑은 역삼투압이구나, 그런 생각을 했어요."

"역삼투압이라…… 그럼 농도가 높은 곳에서 낮은 곳으로 사랑이 간다는 건가?"

"맞아요. 상대방을 더 많이 사랑하는 사람은 언제나 흘러넘치잖아요. 항상 상대방을 생각하고, 항상 뭔가 해 주고 싶어 하고. 상대방을 덜 사랑하는 쪽에서는 그걸 견디지 못하고 부담을 느끼는 거겠죠."

"사랑에 있어서 두 사람의 사랑의 길이가 같을 수는 없는 거라더라. 언제나 한 사람의 사랑이 상대방보다 더 길다고."

"그러면 사랑에 있어서 건조한 사람은 늘 승자인 거네요."

"그런 건조함은 이기적인 거야."

"이기적인 사람이 되어도, 나쁜 사람이 되어도, 건조하게 사랑하는 편이 더 낫겠어요. 사랑이 끝나도 아프지 않도록."

그의 얼굴에 언제나 맴돌던 옅은 미소가 사라진다. 그의 표정이 건조해진다.

"상처 받는 걸 좋아하는 사람은 없어. 하지만 상처 받는 것이 두렵다고 해서 언제나 건조하게 사랑해서는 안 되는 거야. 선인장에게 물을 주지 않았다고 했지? 이제부터 기억해 둬. 선인장도 물이 필요하다고. 그리고 너도, 건조한 너도 사랑이 필요하다고."

두 사람 모두 아주 오랫동안 아무 말도 하지 않고 앞만 보며 앉아 있다. 그가 먼저 입을 연다.

"미안해. 어쩌다 보니 좀 격해진 것 같아."

내가 더 미안해요. 하지만 소리 내어 말하지는 않는다.

"아, 그러고 보니 우리 서로 연락처도 모르고 있네."

이 사람과는 핸드폰으로 문자를 보내고 전화를 하는 사이가 되고 싶지 않았는데. '토요일, 공원에서' 시간도 정하지 않은 이 막연한 약속이 더 좋았는데. 핸드폰으로 연락을 주고받다 보면 구속을 느끼게 될 것 같고, 그러면 또다시 도망치게 될 것 같고…….

"핸드폰은 삼 학년 되면 없앨지도 모르는데, 집 주소 가르쳐 드릴까요?"

불쑥 말해 놓고 나서 생각해 보니 굉장히 당황스럽다. 핸드폰을 없앨지도 모른다는 거짓말도 바보 같고, 집 주소를 알려 주겠다는 말도 바보 같다. 나는 거짓말을 하면 얼굴에 다 드러나는데, 거짓말을 하고 있다는 걸 알아차렸겠지? 그는 다행히 웃어 준다.

"그럼 하고 싶은 말이 있으면 편지를 써 보내는 수밖에 없겠네. 한 이틀 정도 걸리려나?"

그의 수첩에 집 주소를 적어 준다. 미안해요, 거짓말해서. 하지만 난 구속이 너무 무서우니까, 당신에게서는 달아나고 싶지 않으니까…….

집으로 돌아오는 내내, 선인장도 물이 필요하다는 그의 목소리가 귀에 선하다. 내가 건조한 사람이라는 거, 자랑스럽지는 않아요. 마음을 다 열지 못한 나 때문에 상처 받은 사람들도 많고, 구속당하기 싫어 도망친 나 때문에 상처 받은 사람들도 많아요. 나도 이제는 다른 사람에게 내 마음을 바닥까지 다 보여 주고 싶고, 꼬리를 잡혀도 도망치고 싶지 않아요. 선인장도 물이 필요하다는 것을 아니까, 사랑이 필요하다는 것을 아니까. 하지만 당신은, 어떤 사람과 사랑하든지 간에 항상 길이가 긴 사랑을 했을 당신은, 건조한 사랑을 해 본 적이 한 번도 없었을 당신은 잊고 있는 것이 하나 있어요. 선인장에게는 아주 적은 물이 필요해요. 많은 물은, 많은 사랑은 선인장을 죽게 해요.

13. 스무 살

나는 내 이야기를 이해해 주는 그를 좋아한다. 내 마음을 알아주는 그를 좋아한다. 일주일에 한 번, 그를 만날 수 있다는 것이 기쁘다. 하지만 지금 이 상태가 계속될 수는 없을까. 한 발도 더 물러서지 않고, 더 다가서지 않고 이대로만, 지금의 이 거리를 유지한 채 있어 주면 안 될까. '남자와 여자'가 아닌 '사람과 사람'의 관계로 만날 수는 없을까. 그가 나를 사랑하게 되거나 내가 그를 사랑하게 되면 난 늘 그랬던 것처럼 도망칠지도 모른다.

나는 왜 하필 스무 살의 그 사람에게 나 혼자 앓고 있던 이야기들을 풀어내기 시작했을까. 그 누구에게도 이야기하지 않은, 항상 내 이야기를 들어 줄 준비가 되어 있는 부모님께도 하지 못한 이야기들을. 두려움 때문이다. 부모님이 나를 이해해 주지 않을 것 같아 두렵고, 쓸데없는 걱정들이라며 가볍게 넘겨 버리실 것 같아 두렵다. 부모님은 너무 많은 걱정은 하지 마, 시간이 지나면 다 괜찮아질 거야, 하며 부드럽게 나를 잠재운다. 나도 부모님이 옳다는 것을 안다. 상처는 건드릴수록 더 덧날 뿐, 얌전히 내버려 두는 것이 더 나을 때가 있다. 하지만 열여덟의 나는 칼을 대어서라도, 피를 내면서라도 상처를 없애고 싶은 것이다. 나보다 불과 두 살이 많은 그도 물론 세상을 많이 겪어 보지 못한 사람이다. 방황하는 내게 특별한 해결책을 제시해 주지는 못한다. 그러나 그는 극과 극으로 치닫는 열여덟의 내 마음을 이해한다. 내게는 그것만으로도 충분하다. 나를 이해해 주는 것. 비록 스무 살이지만 그가 마냥 어린 것만도 아니다. 엄연한 '성년'으로 대접 받는 그는 내가 거쳐야 할 길을 이미 거친 사람이다. 나보다 더 많은 것을 알고 더 깊이 생각할 줄 안다. 그를 알게 된 후, 나이를 먹는 것이 그리 나쁘지만은 않겠다는 생각을 하게 된다.

권터 그라스의 소설 『양철북』의 주인공 오스카처럼 성장을 멈추어 버리고 싶었던 내게 용기를 준 사람, 독감 예방주사를 맞기라도 한 것처럼 무기력해지는 날에도 한 번쯤 밝게 웃어 볼 수 있게 해 주는 사람, 그는 스무 살이다.

14. 사랑한다는 말

외할아버지의 증세는 몇 주째 나아지지 않고 있다. 평소에 엄마가 말을 걸면 귀찮아하던 내가 오랜만에 먼저 이야기를 꺼낸다.

"엄마, 간절한 기도는 이루어지는 거 맞지? 그런데 왜 할아버지 빨리 낫게 해 달라는 기도는 안 이루어질까?"

엄마는 잠시 말이 없다가 대답하신다.

"슬프지만 할아버지가 회복될 가능성은 거의 없어. 매일 고통스러운 시간을 보내기보다는 차라리 품위 있는 죽음을 맞게 해 달라는 것이 할아버지를 위한 기도일 거야. 이제 할아버지의 영혼을 거두어서 영원한 안식을 주시도록 하나님께 기도하는 건 어떻겠니."

어쩌면 엄마의 말씀이 맞는지도 모른다. 늘 '외할아버지 낫게 해 주세요.' 하고 기도하던 내가 그 날 저녁 처음으로 다른 기도를 한다. '우리 외할아버지 이제 편히 쉴 수 있게 해 주세요.' 라고. 기도를 마치고 자리에 누워 몇 번 뒤척이다가 의식을 놓는다. 알람이 울릴 때까지 지속될 수면 모드.

여섯 시 이십오 분, 핸드폰 알람이 요란하게 울린다. 하지만 눈을 감은 상태로 재빨리 알람을 끄고 다시 잠이 드는 경지에 다다른 지도 오래됐다. 다시 잠에 빠져드는 순간, 집에 전화가 온다. 엄마의 목소리가 희미해져 가던 나의 의식을 붙든다.

"여보세요? 뭐? ……언제 돌아가셨니……?"

할아버지…….

한참을 울다가 부은 얼굴로 학교에 간다. 생일을 맞아 기뻐하는 짝 혜정이에게 차마 말할 수 없어 아무렇지 않은 듯 수업을 듣는다. 글쎄, 아무렇지도 않아 보이지는 않았나 보다. 많이 아파 보인다는 소리를 들은 것을 보면. 사십 분이 이렇게 길게 느껴진 것은 처음이다. 드디어 수업이 끝나고 나는 담임선생님에게 간다.

"선생님, 저희 할아버지가 새벽에 돌아가셔서요……."

내 머릿속에서 만들어진 문장인데도, 내 입에서 나오는 소리인데도 믿기지 않는다. 그런데 눈물은 왜 고이는 걸까. 택시를 탄다. 핸드폰으로 통화를 하느라 내 말을 건성으로 듣던 기사 아저씨는 "병원 입구로 가면 돼요?"라고 되묻더니 "장례식장이요."라는 내 말에 표정이 변하며 뒤를 돌아본다. 장례식장으로 가 주세요. 외할아버지가 새벽에 돌아가셨대요. 아저씨는 그 말을 믿을 수 있어요? 난, 못 믿겠어요.

"벌써 왔니, 아직 준비되려면 멀었는데. 수업 더 듣다가 오지 그랬어."

훨씬 더 작아진 듯한 외할머니가 힘없이 나를 맞으신다. 아직 국화도 마련되지 않은 빈소에 놓인 영정이 너무 슬퍼서, 소리 내어 운다. 먼저 와 있던 언니가 휴지를 건네며 같이 운다.

"언니, 할아버지는 지금 어디 계셔?"

내가 한 질문이 너무 슬퍼서, 한참을 더 운다. 시간이 지나자 쓸쓸하던 빈소는 사람들로, 화환들로 가득 찬다. 향냄새와 국화향이 어지럽다. 조문객을 맞느라 정신없는 어른들에게 외할아버지를 맡기고 언니와 함께 외갓집으로 간다.

"언니, 저렇게 찾아오는 사람들 중에 외할아버지가 돌아가신 것을 진심으로 슬퍼하는 사람이 몇 명이나 될까?"

"얼마 없을걸. 그 사람들 중에는 외할아버지를 아는 사람도 별로 없는데 뭐."

"내가 죽어도 그렇겠지? 내 죽음을 정말 슬퍼하고 안타까워하는 사람보다는, 형식적으로 찾아오는 사람들이 더 많겠지?"

"모르겠어. 어쨌든, 찾아오는 사람이 적은 것보다는 많은 게 낫지."

외갓집 안방은 예전 그대로이다. 매트리스 위에 이불이 깔려 있고, 베개가 놓여 있다. 다만 딱 하나가 달라져 있다. 외할아버지가 안 계신 것. 아무것도 모르는 어린 민기는 생글거리고, 소리를 지르며 뛰어다닌다. 그 아이를 보며 언니와 나는 허탈하게, 쓸쓸하게 웃는다. 태어난 지 얼마 되지 않는 너는 얼마나 많은 시간이 지나야 죽음에 대해 알게 될까? 거실에서 민기와 놀아 주다가, 여느 때처럼 안방 쪽을 쳐다본다. 외할아버지는 가족들이 거실에서 민기와 놀고 있으면 가만히 앉아서 내다보곤 하셨는데, 오늘은 왜 안 계시지? ……그러다가, 천천히 깨닫는다. 이제 안방은 비어 있을 거야. 외할아버지가 거실에서 노는 민기를 물끄러미 바라보시는 일은 이제 없을 거야. 내 어깨를 토닥여 주시는 일도 더는 없을 거야. ……없을 거래, 나는 잘 모르겠지만, 하나도 실감나지 않지만.

　이튿날, 입관 시간에 맞춰 병원에 간다. 참관실에 들어가려는 나를 본 아빠가 "괜찮겠니?" 하고 걱정스럽게 물으신다. 괜찮을지 안 괜찮을지 모르겠지만, 외할아버지를 그냥 보낼 수는 없으니까, 고개를 끄덕이고 들어간다. 사람들이 하얀 시트로 덮인 할아버지의 시신을 침대로 옮긴다. 가족들이 몸을 볼 수 없도록 커다란 천을 펼쳐 둔 채, 그 뒤에서 열심히 염을 한다. 뭔가 문질러 닦는 것 같긴 한데, 우리 할아버지의 몸을 닦는 거라고? 어떻게 알아, 못 믿겠어. 그러다가 얼핏, 손이 보인다. 인형 피부처럼 하얀 손. 늘 나를 토닥여 주던 그 손이라고? 아니잖아. 한참 동안 누런 수의가 입혀진다. 언니는 참을 수 없었는지 나가 버린다. 나는 눈물 한 방울 흘리지 않는다. 믿을 수가 없으니까. 이 모든 것이 엉성하게 꾸며진 연극 같으니까.

　마지막으로, 얼굴을 덮고 있던 천이 들린다. ……할아버지. 분명히 우리 할아버지였다. 창백하긴 하지만, 주무실 때의 얼굴이다. 갑자기 눈물이 쏟아진다. 언제나 눈에 보이는 것이 가장 확실하고 가장 잔인하고 가장 슬프다. 정신없이 우는 동안 할아버지는 관 속에 눕혀진다. 도중에 외할아버지의 다리가 관 모서리에 부딪힌다. '조심해요, 아프시겠어요!' 소리를 지를 뻔한다. 그러다가 더 운다. 외할아버지는 이제 더 이상 아프지도 않으실 텐데. 눈물을 애써 참으며 관 가까이 다가간다. 이

십 년 동안, 굽힌 채로 마비되었던 외할아버지의 오른팔은 아주 곧게 펴져 있다. 다행이야, 이젠 팔을 펴실 수 있으니. 관 뚜껑이 닫힌다.

셋째 날, 난생 처음으로 겨우 두 시간을 자고 새벽 세 시에 일어났다. 하늘에는 그믐달이 혼자 떠 있다. 삼촌 차를 따라 운구차가, 그리고 아빠 차가 달린다. 언니와 나는 어쩌다 보니 가족들과 떨어져 운구차를 타게 되었다. 차가 덜컹댈 때마다 너무 걱정스럽다. 관 속의 외할아버지는 괜찮으시려나. 잠도 오지 않는다. 슬픔인지 그리움인지 모를 감정에 갇혀 말없이 창밖만 내다본다. 삼촌의 검은 차가 검은 띠를 두르고 검은 밤을 검게 달린다. 그 뒤를 잇는 장례 행렬.

"우리들은 평소에는 죽음을 나와는 아주 먼 일로 여깁니다. 그러다가 지인이 돌아가시면 그 때서야 비로소 죽음에 대해 생각하게 되는 것입니다."

조용한 성당, 신부님이 말씀하신다.

'아멘. 저는 죽음에 대해 알지 못했습니다. 그리고 솔직히 아직도 잘 모르겠습니다.'

외할아버지는 정말 편안한 안식을 얻으셨을까. 내 눈으로 한 번이라도 확인해 볼 수는 없을까. 열여덟 살이 되도록 외할아버지의 편안한 모습을 한 번도 본 적 없는 나는 불안해진다. 불안을 떨치기 위해 눈을 감고 기도를 한다. 하지만 기독교인인 나는 천주교의 미사가 낯설기만 하다. 외할아버지의 세례명이 요셉이라는 것도 어제 처음 알았다. 세상의 종교는 왜 이렇게 다양한 것일까. 결국은 다 같은 것을 간구하는데도 '의식'은 왜 저마다 다른 것일까. 이 복잡한 의식만이 죽은 자를 안식으로 인도할 수 있을까. 어쨌든 하나님은 내 기도를 들어주셨고 나는 감사 기도를 해야 한다. 외할아버지 장례식에서 눈물을 흘리며 감사 기도를 해야 하는 이 역설.

몇 년 전 외할머니께서는 실향민들을 위한 공원묘지에 외할아버지와 외할머니 당신을 위한 땅을 사 두셨다. 이제 그 곳에 외할아버지를 묻는다. 관이 내려가고, 아저씨들이 흙을 던져 넣고, 발로 밟아 흙을 다지고, 가족들에게 삽을 돌린다. 삽으로 흙을 뜨는 순간 갑자기 생각난다. 나는 살면서 누군가에게 사랑한다는 말을 직접 해 본 적이 단 한 번도 없다. 외할아버지께는 그 말을 꼭 했어야 했는데. 흙을 세 번 뿌린다. 한 번, 할아버지, 전 아직도 잘 못 믿겠어요. 두 번, 이제는 안 편찮으신 거죠? 편안하신 거죠? 세 번, 할아버지…… 사랑해요. 깊은 무덤에 점점 흙이 찬다. 그 높이가 평지에 가까워지는 것을 보니 마음이 아리다. 이 곳에 아무런 표시를 해 놓지 않는다면 그 누가 알까. 여기 깊은 곳에, 나를 세상에서 가장 사랑해 주던 분이 누워 계시다는 사실을.

그 날 오후에는 학교에 갔다가 야간 자율 학습을 하지 않고 집으로 돌아와 쓰러져 잠이 든다. 다음 날, 사흘 내내 눈물을 꾹 참고 있던 구름이 마침내 울기 시작한다. 우산을 썼는데도 흠뻑 젖은 느낌이 든다.

15. 빈자리

"여태까지 내 곁을 떠난 사람은 많지 않아요. 아, 몇 달 전에 학교를 그만둔 친구가 있어요. 고등학교에 입학하자마자 친해져서 늘 같이 다녔던 친구인데 갑자기 떠나 버렸어요. 그 때 처음으로 어렴풋이 깨달았어요. 떠난 사람보다 남은 사람이 더 힘들 수도 있다고. 남은 사람은 떠난 사람의 빈자리를 계속 봐야 하잖아요."

내 머리에 달린 하얀 리본을 안쓰럽게 바라보던 그의 표정이 한층 더 우울해진다.

"그리고 우리 외할아버지…… 아직도 못 믿겠어요. 이 모든 게 전부 꿈속에서 일어난 일 같기만 해요. 앞으로 외갓집에 갈 때마다 할아버지의 빈자리를 눈으로 확인하면서, 절실하게 깨달으면서 천천히 아파하게 되겠죠."

"다른 사람이 널 떠나면 그 빈자리가 널 참 많이 아프게 하는구나……."

"나한테 빈자리를 보인 사람이 적으니까, 곁에 항상 있던 사람을 잃는 것에 익숙하지 않아서 그래요."

애써 웃어 보이려고 하지만 잘 안 된다. 게다가 날 볼 때마다 항상 웃어 주던 그마저 어두운 얼굴을 하고 있다.

"누군가 널 떠나더라도, 덜 아플 수는 없을까?"

"글쎄요. 덜 사랑하면 덜 아프겠죠. 하지만 '상처 받는 것이 두렵다고 해서 언제나 건조하게 사랑해서는 안 되는 거야.'라고 했잖아요. 그 말이 맞는 것 같아요. 이제는 곁에 있는 소중한 사람들을 아낌없이 사랑할 거예요. 나중에 그 사람이 떠났을 때 후회하지 않도록……. 그리고 이별 후의 빈자리가 단지 아픔만 주는 것 같지는 않아요. 아픈 만큼 성숙한다는 말, 거짓말이 아니었어요."

"아프더라도 성숙할 수 있다면 다행인 거지……?"

그의 목소리에 자신이 없다.

"하지만 당분간은 그만 성숙해졌으면 좋겠어요. 친구가 떠났고, 외할아버지가 돌아가셨으니 그것만으로도 충분해요. 다른 사람의 빈자리를 더 이상 보지 않았으면 좋겠어요."

그는 조용히 한숨을 내쉰다. 뭔가 숨기는 것 같기도 하고 망설이는 것 같기도 하다.

"무슨 일 있어요?"

그는 고개를 저으며 그제야 웃어 준다. 그러나 힘없이.

16. 고도를 기다리다가

수업이 끝나고 농구 연습을 조금 한 뒤 독립문 공원으로 간다. 웬일인지 벤치가 비어 있다. 언제나 이 벤치에서 날 기다리고 있었는데, 어디 간 거지? 사진 찍느라 좀 멀리 간 건가? 벤치에 앉아 기다리는데 왠지 불안하다. 조금 있으면 올 텐데 뭐, 애써 마음을 다독인다. 다행히도 가방 속에는 읽을 책이 들어 있다. 몇 년 전에 읽었던, 다시 읽으려고 가져온 영한 대역 『고도를 기다리며』. 몇 장 읽다 보면 언제 온 거냐고, 오래 기다렸냐고 미안해하며 나타나겠지.

> 에스트라곤: 가세.
>
> 블라디미르: 갈 수 없네.
>
> 에스트라곤: 왜 갈 수 없나?
>
> 블라디미르: 우리는 고도를 기다리고 있네.
>
> 에스트라곤: 아!
>
> 에스트라곤: 오늘 밤이 확실한가?
>
> 블라디미르: 무엇 말인가?
>
> 에스트라곤: 우리가 기다려야 하는 것.
>
> 블라디미르: 그는 토요일이라고 했네.

읽는 것을 잠시 멈추고 핸드폰을 꺼내 시간을 확인한다. 도착한 지 십 분째. 기다리는 것에 익숙하지 않은 나는 많이 초조해진다. 그냥 빨리 올걸, 괜히 남아서 농구 연습을 했나? 하지만 잠시 기다리다가 그냥 가 버릴 사람은 아닌데. 다시 책을 펼친다. 좀 더 천천히 읽기 시작한다.

포조: (거만하게) 고도가 누구야?

에스트라곤: 고도요?

포조: 자네가 나를 고도로 착각했지. 그가 누군가?

블라디미르: 아, 그는 말이죠. 좀 아는 사람입니다.

에스트라곤: 아는 정도도 못 됩니다. 우리는 그를 잘 알지 못합니다.

어느새 한 시간이 지나 있다. 어디 아픈 건가? 걱정이 되지만 전화조차 할 수 없다. 나는 그를 잘 알지 못한다. 그의 연락처조차 알지 못한다.

블라디미르: 고도 선생으로부터 소식이 있구나.

소년: 예.

블라디미르: 그 분이 오늘 밤에 오지 않는다던?

소년: 예.

블라디미르: 그러나 내일은 오시겠구나.

소년: 예.

블라디미르: 틀림없이.

소년: 예.

블라디미르: 우리 내일 목매세. (잠시 뒤에) 고도가 오지 않는다면.

에스트라곤: 그가 온다면?

블라디미르: 구원 받겠지.

블라디미르: 우리 갈까?

에스트라곤: 그래, 가세.

(그들은 움직이지 않는다.)

막이 내린다. 고도는 끝내 오지 않았다. 그 역시 오지 않는다. 조금 더 기다리면 오지 않을까, 번역 부분만 읽었던 그 책을 다시 펴 들고 이번에는 영어로 된 부분을 읽기 시작한다. 한참 뒤, 많이 춥다고 느끼며 벤치에서 일어난다.

다시 토요일. 지난주에 왜 안 왔어요? 어디 아팠어요? 무슨 일이 생긴 건가 걱정했어요. 어떤 말부터 해야 하나 머리를 굴리며 공원에 들어선다. 벤치는 비어 있다. 분명히 이 벤치가 맞는데……. 몇 분을 기다리다가 일어난다. 장난치려고 어딘가에 숨어 있는 것이 아닐까. 공원을 한참 헤집고 다닌 결과, 피곤하고 우울하다. 두 시간 동안 멍하니 앉아 있다가 집으로 돌아온다. 설마, 당신이 이대로 내 삶에서 사라져 버리는 것은 아니겠지. 안 돼. 당신이 없다면 난 그 누구에게 내 이야기를 할 수 있을까.

이제는 토요일이 가까워질수록 불안하다 못해 무서워진다. 그의 빈자리를 다시 확인하게 될 것 같아 무섭다.

"이번 정류소는 독립문 공원입니다."

내리지 말고 그냥 집으로 가 버릴까. 나는 이미 그의 빈자리를 예상하고 있는데도 습관처럼 그 벤치로 향한다. 차가운 벤치를 데우며 한참을 앉아 있다가 집으로 가는 버스를 탄다. 이제는 좀 더 확실해진다. 그는 내게서 도망친 것이다. 내가 먼저 도망쳤어야 했는데. 꼬리를 잡혔다고 느낀 순간에 꼬리를 자르고 도망쳤어야 했는데. '타인'에게 마음을 열지 말았어야 했는데. 나의 열여덟을 쓸쓸하게 혼자 앓았어야 했는데.

블라디미르는 아직도 고도를 기다리고 있을까, 아니면 목을 맸을까. 블라디미르, 내가 당신이라면 난 목을 매겠어요. 고도는 오지 않아요, 이제 다시는…….

17. 나의 열여덟은 아름답다

깜빡. 오늘도 여전히 건조한 내 눈. 눈도 마음도 참 많이 건조하다. 마음의 벽은 날이 갈수록 두꺼워져 교복 재킷 위에 걸친 코트만큼이나 버겁다. 사람이, 세상이 전보다 두렵다. 건조한 얼굴에 물을 끼얹고 거울을 향해 힘없이 말한다. 왜 이렇게 시들었어.

한때 내게 아주 특별했던 토요일도, 독립문 공원도 이제는 아주 평범한 요일로, 장소로 바뀌었다. 아니, 바뀐 것이 아니다. 그것들이 아주 평범한 존재였던 예전으로 돌아간 것뿐이다. 사실 계속 그랬어야 했다. 토요일은 일주일마다 돌아오는 평범한 요일로 남았어야 했고, 독립문 공원은 집 가까이에 있는 평범한 공원으로 남았어야 했다. 그리고…… 다른 사람에게 내 마음을 여는 일 따위는 하지 말았어야 했다.

"이번 정류소는 독립문 공원입니다."

이제 다시는 평범한 토요일, 평범한 공원에서 내리지 않을 것이다. 이제 다시는 다른 사람에게 솔직해지지 않을 것이다.

"다녀왔습니다."

"오늘은 일찍 왔네? 아, 현희야. 너한테 소포가 왔더라."

책상 위의 커다란 상자. 보내는 사람의 주소는 없고 이름만 적혀 있다. 류지완. 도대체……. 다시는 가지 않겠다고 다짐한 그 곳으로 간다. 여전히 비어 있는 벤치에 앉아, 사랑하는 사람의 유서를 받은 심정으로 천천히 소포를 뜯는다. 제일 위에 놓여 있는 편지 봉투를 집어 든다.

토요일마다 날 찾아와 마음을 열고 이야기하는 너에게 보다 현실적인 대답을 해 주고 싶었는데 그러지 못해 미안할 때가 참 많았어. 하지만 어설픈 훈계는 하고 싶지 않았어. 결국 내가 할 수 있는 일은 네 이야기를 가만히 들어 주는 것밖에 없었지.

넌 나이를 먹는 것이 두렵고 세상으로 나가야 하는 것이 두려운데 그 이유를 잘 모르겠다고 했지. 마찬가지로 난 매주 토요일마다 사진을 찍으면서도 그 이유를 알지 못했어. 그런데 갑자기 이런 생각이 들더라. 내가 사진을 찍은 건, 세상을 두려워

하늘 열여덟의 누군가에게 이 세상이 얼마나 아름다운지 보여 주기 위해서였다고. 정말이야, 이 세상은 아름다운 곳이야. 열여덟의 너만큼이나 아름다워.

너는 네가 굉장히 건조하고 마음을 쉽게 열지 못하는 사람이라고 생각하지만 내가 본 너는 그렇지 않았어. 잘 웃고 작은 일에도 감사하고 다른 사람을 걱정할 줄 알고 정이 많고…… 다른 사람들이 눈으로 눈물을 흘릴 때 너는 마음으로 눈물을 흘리는 건 아닐까. 넌 잘 모르겠지만, 열여덟의 너는 참 많이 아름다워. 처음 만났을 때 무작정 네 사진을 찍었던 것도 그런 이유 때문이었어. 열여덟을 살아 있다는 것만으로도 충분히 아름다운 나이인걸.

네가 하는 고민들이 쓸데없는 것들이라고 느끼겠지만 난 그것들이 너의 열여덟을, 그리고 남은 일생을 더 아름답게 만들 거라고 생각해. 그러니 고민에 대한 해답이 당장 주어지지 않는다고 해서 조급해하진 마. 어쩌면 영영 해결되지 않을지도 모르는 그 고민들을 통해 넌 더 깊고 치열한 삶을 살 수 있을 테니까.

미리 이야기하지 못하고 떠나서 미안하다. 다른 사람의 빈자리를 더 이상 보고 싶지 않다는 너에게 떠난다는 말을 할 수가 없었어. 네가 이 편지를 읽을 때면 난 한국에 없겠지. 일 년간 한국을 떠나 더 많은 것을 보고 배우려고 해. 사실 나도 조금은 두렵다. 열여덟만이 세상을 두려워하는 것은 아니야. 스무 살이 되어도, 마흔 살이 되어도 세상이 두려울 때가 분명 있어. 하지만 난 세상이 아름다운 곳이라는 것을 믿으니까, 세상을 두려워하기보다는 사랑하려고 해.

열아홉은 나 없이도 잘 보낼 수 있을 거라고 믿는다. 그리고 다시 만날 때에는 세상을 사랑하는 용감한 현희가 되어 있을 거라고도 믿는다.

상자 안에는 사진이 가득하다. '2005.03.05'라는 날짜가 찍혀 있는 사진부터 시작해서 우리가 마지막으로 만난 '2005.11.05'가 찍혀 있는 사진까지, 그가 매주 토요일마다 독립문 공원에 나와 찍은 사진들이 전부 들어 있다. 잠자리를 잡아 조심스레 손가락 사이에 끼우는 아이, 빵 부스러기를 나누어 먹는 비둘기들, 넘어져 우는 아이를 일으켜 주는 할아버지, 날아가는 풍선, 수줍은 듯 손을 잡는 연인, 낯선 사람에게 담뱃불을 빌려주는 인상 좋은 아저씨, 비를 피하기 위해 나뭇잎 밑으로 모여드는 개미 떼, 우산 하나를 다정하게 쓰고 걸어가는 노부부, 깊이 있는 색깔을 가진 단풍 든 나무…….

그 아름다운 사진들을 보며 행복해하던 나는 문득 그 수많은 사진 중에 내 사진이 빠져 있음을 깨닫는다. 그가 내게 보내지 않은 내 사진을 한 장이라도 보고 싶다. 그의 카메라에 담긴 열여덟의 나는 정말 아름다웠을까. 그리고 이 세상은 정말 아름다운 곳일까. 거울을 꺼내 본다. 눈물은 고여 있지 않다. 다행히도 나는 살짝 웃고 있다. 찰칵! 어디선가 카메라 셔터 소

리가 나는 것만 같다. 잘못 들은 거겠지. 주위를 두리번거리며
그를 찾아 헤매는 어리석은 일은 하지 않기로 한다. 대신 가볍
게 일어나며, 그의 말을 믿기로 한다. 나의 열여덟은 아름답다
고, 이 세상은 아름답다고.

18. 눈물 나는 것쯤은 두렵지 않다

나는 이제야 내 나이를 온전하게 사랑할 수 있다. 아직도 가
끔은 부모님께 반항하기도 하고, 어린 시절로 도망치고 싶기
도 하고, 삶이 지루하기도 하고, 외할아버지를 생각하면 눈물
이 나기도 하고, 사랑이 두렵기도 하고, 덜 자란 사랑니가 아프
기도 하다. 하지만 열여덟은 물속에 사는 인어가 물 밖으로 나
갈 수 있을 만큼 용감한 나이다.

나는 희망이 절망보다 더 무섭다는 것을 안다. 절망은 사람
을 제자리에 주저앉아 쉬게 만들지만 희망은 계속해서 앞으로
나아가게 만든다. 하지만 열여덟의 나는 그 무서운 희망을 받
아들일 준비가 되어 있다. 더 넓은 세상으로 나아가다가 넘어
지고 다치더라도, 눈물 나는 것쯤은 두렵지 않다. 내 눈은 아직
충분히 건조하다. 깜빡.

_ 제1회 한국일보사 사장상(2005년)

능휘(이현희) :: 스무 살. 내 생각을 글자로 옮기는 단순한 일이 여전히 어렵게 느껴집니
다. 한낱 자음 때문에, 또는 모음 때문에 절망하고 또 기뻐합니다. 글을 쓸 때마다 나는 다
시 열여덟의 이현희가 됩니다.

세 번째 교과서

2008년 9월 4일 1판 1쇄
2009년 6월 12일 1판 2쇄

지은이 : 김소담 외 10인

기획·편집 : 김태희, 박찬석, 조소정
디자인 : 이혜연
제작 : 박홍기
마케팅 : 이병규, 최영미, 양현범

출력 : 한국커뮤니케이션
인쇄 : 코리아피앤피
제책 : 경문제책

펴낸이 : 강맑실
펴낸곳 : (주)사계절출판사
등록 : 제 406-2003-034호
주소 : (우)413-756 경기도 파주시 교하읍 문발리 파주출판도시 513-3
전화 : 031)955-8588, 8558
전송 : 마케팅부 031)955-8595 | 편집부 031)955-8596
홈페이지 : www.sakyejul.co.kr | 전자우편 : skj@sakyejul.co.kr

값은 뒤표지에 적혀 있습니다.
잘못 만든 책은 구입하신 서점에서 바꾸어 드립니다.

사계절출판사는 성장의 의미를 생각합니다.
사계절출판사는 독자 여러분의 의견에 늘 귀기울이고 있습니다.

ISBN 978-89-5828-311-9 43810

이 도서의 국립중앙도서관 출판시도서목록(CIP)은 e-CIP홈페이지(http://www.nl.go.kr/ecip)에서
이용하실 수 있습니다. (CIP제어번호 : CIP2008002482)